Paul - VI
Le 21 déc. 1994

A Renée,

Tous ces beaux
souvenirs d'autrefois

Le Bouddha de Percé

flottent à la
surface de
nos émotions.

Bonne lecture

[signature]

Du même auteur :

Romans

Le P'tit Ministre-les-pommes, Montréal, Leméac, 1980.

La Sang-Mêlé d'arrière-pays, Montréal, Leméac, 1981.

La Brèche-à-Ninon, Rimouski, Editeq, 1983.

Les Coqueluches du Shack-à-Farine, Montréal, La Presse, 1983.

On a scalpé mon ange gardien, Montréal, Leméac, 1985.

La Ruelle de Trousse-Chemise, Laval, Lyrelou, 1985.

L'Intolérable Illusion d'un jardinier d'enfants, Montréal, Guérin littérature, 1988.

Prof Bar-B-Q livré à domicile, Montréal, De Mortagne, 1989.

La Maîtresse d'école ménaupausée, Montréal, De Mortagne, 1990.

Les Frisés-Moutons du p'tit Ministre, Montréal, De Mortagne, 1991.

Monographies

Val-d'Espoir, à fleur de souvenance, Laval, Lyrelou, 1978.

La Huche aux Farfouilleux, Laval, Lyrelou, 1978.

Almanach littéraire gaspésien, Montréal, Guérin Littérature, 1987.

Fantaisies guernesiaises, Laval, Revue Gaspésie, 1987.

Théâtre

L'Indien qui ne regardait jamais la mer suivi de *Le Chant de Cocomatinoc*, Montréal, Humanitas, 1992.

Nouvelles

Une douzaine de treize (avec 13 auteurs), Montréal, Humanitas, 1992.

Les Îles de l'âme (en collaboration avec 18 auteurs), Montréal, Humanitas, 1993.

Réal-Gabriel Bujold

Le Bouddha de Percé

 éditions d'acadie

L'éditeur désire remercier la Direction des arts du Nouveau-Brunswik et le Conseil des arts du Canada pour leur contribution à la réalisation de ce livre.

Données de catalogage avant publication (Canada)
Bujold, Réal-Gabriel, 1949-
Le Bouddha de Percé
ISBN 2-7600-0262-4
1. Desgarris (Famille)--Roman.   I. Titre.
PS8553.U467B69   1994   C843'.54   C94-900530-4
PR9199.3.B84B69   1994

Conception de la couverture : Réjean Arseneault
Illustration de la couverture : Annie Bujold
Mise en pages : Réjean Arseneault

ISBN 2-7600-0262-4

À Hélène, ici, au bord de la rivière
et à mon copain Harold,
venu du bord de la mer.

Je suis le Bouddha de Percé. Un miracle s'est produit. J'étais une banale figure de proue usée par les tempêtes de la traversée. Un jour, je ne sais par quel hasard du temps, j'ai pris forme dans la matière et mystérieusement, lors du naufrage du *Squirrel*, au milieu du XIXe siècle, j'ai sauvé de la noyade un jeune pion du roy qui, par son exil, expiait une faute pour laquelle je l'aurais volontiers honoré. Je suis peut-être saint Théodat, patron légendaire des marins, personne ne le sait véritablement. J'ai mes faiblesses et mes caprices et, depuis maintenant plusieurs années, je croupis dans la cave humide d'un musée de Québec. J'ai perdu un bras. Plusieurs membres d'une même famille se sont bagarrés durant des décennies avant de me l'arracher. Il traîne, mon bras, dans un hangar poussiéreux quelque part à Percé. Je ne veille plus sur mon village de touristes, sur mes falaises et mes caps. Je suis déchu. J'ai glissé de ma tablette de bois, mais je suis fier du jeune adolescent. Sur la pointe du rocher, il a compris. Il hurle sa délinquance tout en prenant conscience de ce qui l'entoure. Il scrute l'horizon et tend l'oreille aux dires des ancêtres.

Avant-propos

Ce roman est un cri d'amour gaspésien.

Dans la première partie, la véracité d'une sombre réalité métropolitaine nous guide lentement mais inexorablement vers une histoire qui, en deuxième partie, vagabonde à travers les époques et glisse au fil des ans le long du littoral menant d'Anse-à-Beaufils à Barachois. Les paysages sont alors teintés d'ivresse parce que trop souvent secoués par les vents du large. Les travailleurs sont ceux de la mer et du haut pays. Ils effleurent nos émotions comme des figures de proue pointant leurs ardeurs dans la tempête des souvenirs.

Nicholas Desgarris, à la fois l'ancêtre et le héros de cette saga, est un personnage mystérieux tiré de l'imaginaire. Son histoire se perd à l'occasion dans le labyrinthe secret des légendes. Il n'a jamais existé et n'a rien à voir avec ceux qui ont trimé d'une étoile à l'autre le long des côtes d'Anse-du-Cap, de la Montée, de Cape Cove, etc.

Cependant, plusieurs Nicholas Desgarris sont nés et se sont établis à Guernesey. Il en est un, fils de Nicholas du Bourg et de Eliz Allez, elle-même fille de Jean Allez de la Forêt qui est né en 1773 et qui aurait quitté l'île possiblement pour Jersey avec l'intention bien arrêtée de faire la pêche le long des côtes de Terre-Neuve.

Ce Nicholas Desgarris aurait épousé Judith Balieu (dite Balleine), de Saint-Pierre-au-Bois, quelque part au début de

1800 et serait le père de Nicholas Degarie que l'on retrouve à Anse-du-Cap, marié en 1833, à Percé, à Julienne Duguay et ancêtre des Degarie de la Gaspésie.

Tous ces Desgarris, de la descendance de Guillaume DeGaris de Saint-Pierre-au-Bois qui, en 1648, aurait épousé Marie Brehaut, remontent à Nicholas Desgarris, de Saint-André, fils de Guillaume, ayant épousé Mauflette Le Prévost en 1492.

Pour les besoins du roman, *Le Bouddha de Percé*, notre héros fictif est né de la légende et des contes populaires à Guernesey en l'an de grâce 1853. Il est le père d'Armand, disparu en mer en 1955, le grand-père d'Hildège, que l'on retrouve en deuxième partie dans un centre d'accueil, et l'arrière-grand-père de Jean, le professeur déraciné, avec qui commence le roman.

L'auteur

PREMIÈRE PARTIE

Le Cormoran déchaîné

Région métropolitaine,
Tourneville, automne 1990

La directrice a ouvert l'interphone et transmis le message à tous les professeurs de l'école de Tourneville. La cour de récréation est verglacée. Il n'est donc pas question pour les élèves d'aller se péter la margoulette sur cette immense patinoire improvisée sur laquelle une fin d'un novembre braillarde a étendu son empire de grisaille et de monotonie.

Francis Pion sort dans le corridor. Il s'habille quand même, mine de rien, et, tel un lièvre fou dans une fable perdue, se dirige vers l'escalier. Jean Dégarie, son professeur de sixième année, lui demande de retourner à sa place. Le jeune garçon s'esclaffe :

– J'ai le droit d'aller pisser, non?

– T'as le droit d'aller pis...ser, c'est ben certain! Mais t'as pas besoin de ton manteau d'hiver pour le faire!

– Je mettrai ben mon manteau si je veux! Pis c'est toujours la même chose, un petit peu de neige, un petit peu de pluie... pis la directrice nous coupe notre récré! Y a personne de fait en chocolat dans la classe, 'stie!

– Francis, je te demande de remettre ton manteau à sa place. Tu peux aller aux toilettes si tu veux...

– J'ai pas d'ordres à recevoir de toi, le prof, ok là! Je sais ce que j'ai à faire...

Jean Dégarie veut s'approcher du jeune homme, mais ce dernier se rebiffe et se met à faire des grands gestes dans les airs, à gesticuler comme un boxeur qu'on va attaquer, ressemblant à l'occasion à un moulin à vent aux ailes brisées.

– Je te dis de pas approcher, le prof, ok là! C'est rien qu'une crisse d'école de tapettes icitte pis je resterai pas une minute de plus, je sacre mon camp!

– Francis, tu sais très bien que si tu pars, je vais courir après toi. Je l'ai déjà fait. Tu te rappelles? Viens-t'en!

– Pis tu vas te péter la noix sur la glace, le prof, ok là! Essaye de m'attraper! Tu vas voir que chu plus léger que toi pis que la glace, ça me fait pas peur!

– Francis, je te le répète, rentre dans la classe!

– Pantoute!

Le jeune homme dévale les marches quatre à quatre. Jean Dégarie enfile son manteau à son tour et ne prend pas le temps de mettre ses bottes. Il demande à la directrice de monter, les élèves sont habitués. Ils vont tous gentiment reprendre leur place et continuer leur travail, comme ils aiment le faire, tandis que leur professeur va courir derrière le lièvre affolé. En passant près de Jean, la directrice lui dit :

– Je sais pas pourquoi tu l'endures, y a des écoles pour ça. T'a rien qu'à remplir un dossier, tu le sais!

– Je le sais!

Le jeune garçon a onze ans, mais il court vite. Il plane sur la glace et son professeur se retrouve derrière, cul par-dessus tête, sur la glace en maints coins de trottoirs et de rues, et Francis file à vive allure, un peu nulle part, car il ne sait jamais où aller dîner, et son professeur le coince tout à côté d'un lampadaire rouillé :

– Je t'avais dit que je te rattraperais, Francis! Je suis pas si vieux que ça, tu sais...

– Lâche-moi, câlice!

– T'es pas supposé de dîner à l'école ce midi?

– Mon crisse de lunch qui est pas mangeable!

– Allez, viens-t'en!

– Non, lâche-moi que je te dis!

– Ça sert à rien, Francis, tu gagneras pas, suis-moi!

Le garçon replace son manteau retroussé jusqu'aux omoplates par la main solide de son professeur et, les épaules basses, la démarche baveuse, accompagne Jean Dégarie jusqu'à l'école de Tourneville où tous les autres vont le regarder de travers en riant derrière les panneaux relevés de leurs pupitres.

– Tu cours en tabarnaque, le gros!

– Francis, je suis encore ton professeur, je te demanderais de me respecter... même si... je suis pas petit!

– Ok, là, le prof! Prends pas les nerfs! C'est rien qu'une farce, tu le sais ben!

C'est vrai que Jean Dégarie est gros. Plutôt costaud. Diablement en forme. En fait, il traîne une carcasse bien en chair de plus de cent vingt kilos qu'il déplace avec une incroyable agilité. Il ne fume jamais et à l'occasion il prend un verre. Mais c'est si rare qu'il a réussi à se constituer une cave avec toutes sortes de bouteilles reçues en cadeau depuis les tout débuts de sa carrière, allant du simple Faïsca pétillant à saveur d'eau de vaisselle jusqu'aux vins les plus capiteux de la région de Bordeaux.

Voilà une vingtaine d'années qu'il a quitté sa Gaspésie natale, qu'il s'est exilé pour suivre les siens, frères et sœurs, père et mère «tu honoreras afin de vivre...» Vingt ans qu'il a laissé son cœur quelque part le long d'une rive entre Barachois et Paspébiac...

L'a-t-il jamais accepté? Il n'en sait encore rien, trop occupé à se demander ce qui pousse les goélands à vouloir s'empoisonner à tout prix en voltigeant autour des restaurants McDonald.

Il y a aussi une quinzaine d'années que le Parti québécois a pris le pouvoir au Québec, mais les élans souverainistes de Jean Dégarie ont vite sacré le camp avec l'usure et le désenchantement. Ce que d'aucuns ont appelé l'«étapisme» a achevé d'anéantir ses fougues souverainistes. Et puisque le temps s'est remis au beau dans sa classe, c'est avec la plus solennelle des consciences professionnelles qu'il en a pris son parti et qu'il s'est définitivement attelé à sa tâche d'enseignant du primaire.

Tâche souvent ingrate s'il en est une mais tellement gratifiante pour Jean Dégarie, qui ne cesse de proclamer bien haut à qui veut l'entendre :

– Quel beau métier !

Pour lui, coucher à l'école est devenu un rituel. Dans son local de sixième année à l'école de Tourneville, les murs transpirent la vitalité et de multiples couleurs les égaient si bien que les élèves y dormiraient volontiers sur des paillasses improvisées tant ils apprécient leur professeur et ses qualités d'animateur toujours bourré d'idées neuves : aquariums exotiques, postes d'écoute, coin de bricolage, volières tapageuses et ateliers de menuiserie; une pédagogie recyclée trempant ses racines dans l'ère de l'informatique... Mille et une expériences pou ces satanés petits débrouillards que le monde moderne entortille dans un immobilisme tel que même les coups de pieds au cul les mieux placés (ceux qui se perdent malheureusement trop souvent) parviennent mal à les secouer.

Auréolé d'un humour caustique et débridé, Jean Dégarie, comme les murs de sa classe, transpire aussi... enfin, transpire la saine vitalité. Et il vit seul... enfin, pas tout à fait seul car, depuis que son père est au centre d'accueil Le Réconfort de Tourneville, sa mère demeure chez lui.

Pour résumer beaucoup, il n'a été marié que huit mois...

Fichu massacre !

L'horrible expérience de sa vie, la douche froide après le confort de sa malicieuse adolescence. Une femme qu'il n'a véritablement pas pris le temps de connaître tant elle était frivole et capricieuse. Une cervelle d'oiseau dans une «charpente», messieurs, à rendre jaloux n'importe quel directeur d'école solidement membré et un tantinet raisonnablement constitué...

Il s'en vante lui-même à l'occasion. Il n'en était vraiment jamais tombé amoureux. Il l'avait rencontrée dans une boîte de nuit et l'avait aussitôt épousée. La peur de vieillir seul dans le monastère du célibat, assurément. Un physique beaucoup trop grassouillet pour une aussi belle femme, il lui fallait vite saisir l'occasion.

Et le portefeuille de Jean Dégarie en faisait déjà se pâmer plus d'une.

À la toute première bouchée, sitôt l'œuvre de chair en mariage seulement consommée, la belle et croustillante dame s'était mise à gambader ici et là. Elle n'avait dès lors plus voulu reconnaître celui en qui elle avait mis toute sa complaisance. Huit mois exactement, pas une journée de plus...

Lorsqu'il a repris sa liberté, un jour de mars à sept heures trente du matin, Jean Dégarie a longuement embrassé sa poulette chérie qui faisait cot-cot à tout plaire un peu partout et de fort indécente façon. Il lui a fait l'amour une dernière fois et sans que ça lui plaise vraiment... Et, au moment de son dernier orgasme (encore précoce étant donné qu'il était tout jeunot), il lui a signé un chèque si ronflant – et même très rondouillard, un peu à son image et à sa ressemblance – qu'elle n'a pu faire autrement que d'assécher ses larmes de croquable crocodile en saisissant à pleines mains, pour la circonstance, les amourettes de son mari qu'elle a sensuellement embrassées avant de lui crier merci dans des soupirs qu'on aurait facilement pu confondre avec ceux d'une jouissance conjugale.

Depuis, à chaque pleine lune (mais rarement en hiver) il se paye quelques sorties de luxe dans les bons bordels du centre-ville (il ne s'en cache pas) et va même jusqu'à prétendre que, pour une somme ridicule, il lui est possible de se vautrer dans des paradis artificiels, des paradis propres, douillets, voluptueux... Il affirme même qu'il lui arrive là quelque chose qui poigne aux tripes, qui flirte avec le désir tout en zieutant la sensualité, quelque chose de pas compliqué et qui n'a rien de déplaisant, au contraire...

Quelque chose qui fiche la paix à une vie.

D'un autre côté, il aurait pu être moins lâche et ne jamais quitter la Gaspésie.

Ses élèves sont toujours charmants parce qu'il sait les intéresser. Jean ne dénigre jamais les jeunes frimousses bourrées de talents qui lui sont confiées en début d'année et qui lui apportent jour après jour le piment de sa vie. Il les considère un peu comme les enfants qu'il n'aura jamais et c'est pourquoi les plaintes et les lamentations de ses compagnes, celles en particulier qui font partie du «club des varices», lui coulent sur le dos comme sur celui d'un gros canard.

Varices, varices...

Il se souvient, à la petite école, en Gaspésie, la claque qui l'avait sonné pour deux jours. La sœur lui avait demandé, simplement, question de lui rappeler le petit Catéchisme :

– Mon cher Jean Dégarie, fils de ce bon monsieur Hildège Dégarie, dites-moi! Qu'est-ce que l'avarice?

Et il avait répondu, le téteux :

– Euh! c'est... c'est des bosses qui poussent sur les jambes de ma mère!

La sœur l'avait foudroyé du regard et lui avait administré une magistrale et retentissante mornifle, une parmi tant d'autres, l'une de celles dont il allait se souvenir toute sa vie parce qu'elle lui brûlait encore la pigmentation de la peau.

Elle aurait pu rire, la sœur...

Elle ne l'a pas fait.

C'est pourquoi Jean Dégarie a donné à un groupe de commères de l'enseignement le nom de «club des varices». En fait, il s'agit d'une clique très particulière et heureusement en voie de disparition, l'une de ces bandes qu'on retrouve encore à l'occasion dans quelques écoles du Québec. Ces enseignantes bien coiffées qui tricotent d'une cloche à l'autre et qui ne cessent de geindre et de croire que le ciel va leur tomber sur la tête; ces enseignantes que la tâche fait souffrir, qui se mangent la laine sur le dos en sirotant leur café et qui regardent sans cesse les aiguilles d'une montre qui n'en finit plus de les faire languir jusqu'à leur retraite; ces enseignantes que les enfants font mourir à petit feu parce qu'ils sont mal élevés, impolis, pauvres, défavorisés... ces enfants qui ont la «morve au nez» collée aux lèvres et qui n'ont pas la chance d'avoir un dictionnaire à la maison. C'est aussi en souvenir de la sœur qui lui avait administré une mornifle à la petite école et qui avait la même opinion de ses élèves que toutes ces dames du «club des varices» que Jean Dégarie n'a pu résister à ce brin d'humour quelque peu toxique...

Et c'est finalement à cause de cette généreuse claque de la sœur qu'il accorde une attention toute spéciale aux expressions naïves et spontanées de ses élèves. Il les compile soigneusement dans un petit carnet de notes et compte bien les publier un de ces jours parce qu'elles sont porteuses d'authenticité et de fraîcheur et qu'elles ont la vertu de le rappeler à l'ordre quand il lui prend l'envie de grimper bien haut sur le piédestal rutilant de son pouvoir de maître après Dieu que lui a un jour conféré un diplôme lui-même truffé des vices, des irrégularités et des humeurs changeantes de quelques professeurs vaniteux imbus de la toute-puissance pédagogique des universités.

Un groupe d'élèves en or aux mines ébahies et taquines avec lesquelles un professeur normalement constitué ne peut que se plaire à composer...

Mais il y a ce satané Francis Pion qui, cette année, n'en finit plus de sortir de l'ordinaire et de lui causer des maux de ventre. S'il persiste dans ses mauvaises intentions et qu'il ne cesse de fuguer à la première occasion, Jean Dégarie devra prendre les grands moyens et transférer le jeune homme dans une école spécialisée en troubles graves de comportement. Avec ça qu'il va le faire mourir à petit feu, le prof, c'est certain... Son cœur va lâcher. Déjà qu'il ne tient pas tellement la forme, le prof : cholestérol, palpitations cardiaques, souffle court, angine de poitrine à l'occasion, ventre rebondissant et pâleur aux joues, troubles de la vue, points noirs, hoquets suspects, nausées... À courir ainsi, il y a toutes les raisons de croire que son cœur généreux de prof haletant va lâcher. C'est pire que le bordel de luxe à 14,95 $...

Et les petits gâteaux May West sont si bons!

Un professeur peut bien accorder toutes les chances à son élève, mais quand celui-ci se plaît à déranger le groupe sans cesse, à gesticuler et à se battre dans les corridors ou dans la cour à la première occasion, à déchirer ses livres et à ne jamais remettre les travaux demandés, à traiter les petites filles douces de putains sales et son professeur de gros lard salé, alors là...

Il ne reste qu'à utiliser les grands moyens.

Et la patience de Jean Dégarie a des limites.

Et quand il se fâche...

Jean Dégarie a beaucoup d'argent. Il en place ici et là, n'en parle jamais et en prête à l'occasion à des amis véritables. Il investit aussi dans des affaires sûres, mais il ne sait quoi faire avec le reste. Il en a trop. Tout le monde dit qu'il en a trop. Les paris se multiplient autour de lui. Et même s'il ne tient personne à la gorge, Tourneville lui appartient.

Jean Dégarie roule sur l'or.

Il roule, tout simplement... à travers toutes ces peurs qui le guettent à chaque coin de rue et qu'il n'a jamais su apprivoiser. Sa mère vit avec lui, cette mère encore jeune qu'il vénère parce qu'elle a souffert, cette mère qui ne se plaint jamais et qui ne demande rien, avec laquelle il partage une grande maison au bord de la rivière de Tourneville tout près du centre d'accueil Le Réconfort.

Marie-Esther se promet de prendre son courage à deux mains et d'aller rendre visite à son mari, Hildège Dégarie, qui agonise à petit feu dans une chambre puante du centre d'accueil.

Jean ne lui a rien demandé. Il sort si peu. Il est toujours attablé à corriger des tonnes d'examens ou à préparer ses classes pour le lendemain. Il passe sa vie à dessiner des graphiques multicolores pour ses élèves et à pitonner sur le clavier de son ordinateur à la recherche de la trouvaille à la mode. C'est sa vie de mère-poule qui enseigne de l'aube au crépuscule et qui adore son métier, une trâlée d'adolescents accrochés à la sécurité de sa bedaine branlante.

Plusieurs racontent des tas d'anecdotes sur sa vie personnelle. Des rumeurs circulent de septembre à juin : «Y serait-ti tapette?» «On le voit jamais avec des femmes...» «Pour sûr que sa sexualité se résume à quelques vices solitaires!» «Tu sais, Germaine, un gars qui vit seul avec sa mère!»

Ceux qui souvent font courir les rumeurs lui doivent de l'argent, c'est naturel, c'est le propre du vice. Il feint peut-être de ne pas les entendre, ces rumeurs, personne ne le sait, il n'en a jamais parlé à qui que ce soit. Il siffle des airs joyeux en arpentant la cour de récréation quatre fois quinze minutes par jour, et cela, le temps que durent les cent quatre-vingts jours ouvrables d'une année scolaire. Ou quasiment. Il se réserve quand même une dizaine de récréations durant les jours froids de janvier et de février pour laisser le zèle s'envoler et se coller la bedaine au radiateur électrique de sa

classe, question de grignoter, c'est certain, un sac de crous-
tilles dérobé à la volée à un tiroir secret de sa classe de
sixième année.

C'est tellement difficile pour lui de s'endormir l'âme en
paix. D'autres enseignants savent pourtant si bien le faire. Mais
le travailleur social, lui, ne sait à quels saints vouer Francis. Il
n'a d'autres choix que de le placer en centre d'accueil pour
jeunes délinquants quelque part autour du 20 novembre, mais
Jean Dégarie aimerait qu'il en soit autrement. L'année scolaire est bien amorcée, le comportement de l'adolescent est
terrible certes mais acceptable. Le pire du travail est fait. Le
travailleur social va briser l'âme de cet enfant maltraité et ne
rien permettre de constructif dans sa vie. Ça doit se passer
bientôt, Jean Dégarie voudrait que ça se fasse autrement, il le
sait et Francis Pion a été clair :

– Aïe! le gros, si tu penses te débarrasser de moi de même,
tu te trompes!

– Je veux pas me débarrasser de toi, Francis, au contraire!
C'est ton travailleur social qui te cherche une place! Moi, ça
me ferait plaisir de te garder avec nous autres, en classe.
Mais ton père...

– Qu'est-ce qu'y a, mon père, hein? Qu'est-ce qu'y sait?

– T'as pas de place où rester, tu le sais, ton père a même
pas d'appartement, tu traînes ici et là...

– Je le sais, tabarnaque!

C'est toujours extrêmement difficile de trouver le sommeil quand des réalités semblables vous tracassent l'esprit.
Il est quatre heures du matin. Jean Dégarie a fait le tour du
réfrigérateur trois fois. Il a mangé deux May West et bu un
verre de lait...

Quatre, trois, deux, un...

Moutons imbéciles qui font encore la grève cette nuit de
froidure au cœur de novembre parce que le cas est grave,
tellement grave, et que les ardeurs qu'il faut mettre pour le

régler dépassent toute forme de pédagogie connue et apprise dans les livres et les universités.

– Range pas mes livres trop loin, le gros!

Jean Dégarie s'est à peine déplacé. Il a soulevé son index pour indiquer la poubelle à Francis :

– Garçon, tu sais que la gomme est pas permise! Alors...

– Prends pas les nerfs!

Drôle de journée! La dernière avant que le jeune délinquant, condamné à errer dans un monde de mensonges et de jalousie, n'aille se perdre dans les froids couloirs d'un centre d'accueil quelque part en ville :

– Je vais revenir, ce sera pas long!

– Voyons, Francis, le centre d'accueil, c'est pas si pire...

– Pas si pire? Parle pour toi, le gros! On voit que t'as jamais connu ça. Je sais que c'est parce qu'y a pus de place nulle part pour moi, mais je te jure que je vais revenir. Range pas mes livres trop loin!

Il est à peine neuf heures. À l'extérieur, une pluie verglacée s'est mise à tomber. L'atmosphère n'est guère favorable à l'examen que Jean Dégarie a servi à ses élèves. Elle l'est plutôt à un sommeil prolongé du matin.

Contrairement à ses habitudes, Francis Pion s'applique à résoudre les problèmes que son professeur lui présente. Il les comprend même à la première lecture, c'est simple comme bonjour. Les élèves sont silencieux, trop... Le cloc-cloc-cloc des gouttes de pluie dans les grandes vitres givrées se veut propice aux épanchements intellectuels des jeunes; Francis aurait besoin d'explications supplémentaires, il s'approche du bureau :

– Tu peux-tu m'expliquer celui-là, Jean?

– Tiens, tu redeviens poli, tu te rappelles mon nom?

– Niaise pas, je comprends pas le numéro 4...

– Je suis pas supposé de te donner d'explications, c'est un examen, Francis!

– Qu'est-ce que tu veux que ça me foute, moi, l'examen, si chu pas là demain, hein? Envoye, explique-moi...

– Si tu veux.

Francis porte une attention toute particulière aux explications de son professeur. C'est la première fois que ça se produit. Il en demande et en redemande comme de la tarte au chocolat. Les autres ont compris et se taisent en pitonnant avec excès une calculette surchauffée qu'ils ont la permission d'utiliser lorsqu'il s'agit de problèmes raisonnés.

– C'est ben le temps de s'en servir, hostie! Ça nous donne quand même pas les réponses.

Francis revient à la charge. Il veut maintenant comprendre le numéro 6.

Et le 7, et le 8...

– Francis, pour l'amour, fais un effort, c'est un examen. Même si tu t'en vas demain, je peux quand même pas te donner les réponses, ça servirait à rien!

– Je veux juste que tu m'expliques, Jean!

Et le jeune garçon se rapproche lentement de son professeur, se colle à lui, lui parle avec douceur, lentement, lui susurre des solutions possibles à l'oreille. Il s'efforce de bien écrire et de faire des lignes droites, Jean l'accepte ainsi et s'étonne quand même. Quelques élèves ont terminé l'examen. Ils se plongent le nez dans un livre d'aventures dont, même s'ils arrivent à le croire, ils ne sont jamais les véritables héros.

Puis c'est l'ampoule
Dans la bulle
De la bande dessinée...
Elle s'allume

Au-dessus de la tête
De l'enfant triste
Qui s'égare.

Jean Dégarie a compris. Si Francis Pion se colle ainsi à lui, c'est qu'il ne veut ni surtout ne PEUT rester à sa place. Il s'est échappé dans ses culottes, pour marquer son angoisse...

Pour marquer sa tristesse...

Pour marquer la terreur qui l'habite...

Il passe maintenant son bras autour du cou de Jean Dégarie qui n'a nul besoin d'en saisir davantage. Les autres devraient rire de Francis, mais ils ne le font pas parce qu'ils savent que le jeune garçon n'a rien d'un «chouchou à sa maîtresse» et que s'il se colle ainsi à son professeur, c'est qu'il a une excellente raison de le faire. L'odeur est insoutenable. Plus les explications volent, plus les effluves nauséabondes se répandent aux quatre coins cardinaux de la classe.

Un garçon de douze ans ne s'échappe pas ainsi dans ses culottes, c'est certain. Jean Dégarie devient extrêmement nerveux. Il mordrait dans un Jos Louis grand format, mais l'odeur lui donne soudainement l'envie de vomir. Il essaie de se contrôler. Le regard de Francis n'a jamais été si doux et son sourire a quelque chose à la fois d'angélique et de démoniaque. Les gestes du jeune garçon sont calculés, soupesés, il a le plein contrôle de lui-même alors que Jean Dégarie est désemparé, perdu, que de grosses gouttes de sueur perlent sur son front et que ses aisselles se mouillent encore...

Comme lorsqu'il était en première année, à Val-d'Espoir en Gaspésie, et qu'il s'était lui aussi échappé dans ses culottes. La classe venait à peine de commencer. C'était le chapelet, l'éternel chapelet du premier vendredi du mois. Juste avant la première dizaine, l'enfant Dégarie aux cheveux pourtant bien lissés s'était approché de sa maîtresse et lui avait demandé la permission d'aller aux toilettes. La maîtresse avait dit non. Puis tout le monde s'était mis à genoux. Jean en avait profité pour s'asseoir sur ses talons, ce qui avait permis aux contractions de ses intestins de ralentir un peu. Mais les crampes, elles, persistaient bel et bien, et c'est lorsqu'il avait fallu se lever pour la deuxième dizaine que le drame s'était produit. Le petit garçon qui a aujourd'hui grandi (et grossi) et qui aime tant les May West s'était mis à hurler de chagrin parce qu'il s'ennuyait à l'école...

D'humiliation à cause des grands rires claquant au vent des autres élèves...

De colère à cause de la maudite maîtresse qui lui avait dit non...

De terreur surtout parce qu'il s'était souvenu de la dernière brosse de son père lors des noces de sa tante...

De terreur surtout.

C'est le cousin Barthélémy Dégarie qui l'avait lavé et nettoyé dans la cabine du fond. Et Jean Dégarie avait tellement pleuré. Il aurait voulu se rapprocher de quelqu'un, se coller sur sa maîtresse, mais on l'en avait empêché. De toute façon, elle aurait refusé. Elle l'aurait battu à grands coups de bâton sur les fesses.

Non. Le cousin Barthélémy Dégarie s'était occupé de lui dans la cabine du fond... Il s'était approché du petit Jean, lui avait arraché les culottes et les combinaisons d'un seul grand coup, l'avait lavé tout partout dans ses intimités en le rudoyant et en le barouettant comme s'il avait été une bête puante. Il l'avait finalement ramené chez lui pour le reste de l'après-midi. Heureusement que ce n'était pas le cousin Philippe Lafontaine qui alors était quelque part dans un camp des cadets de l'armée canadienne. Lui, il se serait collé à ses parties intimes et les aurait frottées encore plus longtemps, et avec beaucoup de plaisir en plus...

Les aisselles de Jean Dégarie se mouillent encore et plus que jamais. D'autres odeurs se mêlent à celles déjà fortes dans la classe. C'est épouvantable. De grands cercles apparaissent maintenant sur la chemise verte, des ronds blancs qui vont des coudes jusqu'au bas des côtes. Francis a la tête appuyée sur l'épaule de son professeur. Il y verse des larmes muettes. L'odeur n'a plus d'importance, les calculettes ont repris leur place dans les pupitres et tous les héros de la classe ont la tête camouflée derrière leur livre ou le nez planté dans leur travail de la semaine.

Francis a quitté les lieux. Jean Dégarie n'a pas rangé trop loin les livres et les cahiers de ce jeune garçon qui prend physiquement une si petite place dans l'univers et qui pourtant ne se gêne pas pour en dénicher une très grande dans la classe, un peu comme un amour impossible auquel on se raccroche sans y croire véritablement et qui nous aveugle dès le premier jour.

Jean Dégarie dévisage sa mère qui met toutes ses énergies à trancher les oignons. La ville ne lui a jamais pesé sur le dos comme elle s'amuse à le faire avec Jean. Les oignons font pleurer le professeur. Il met de l'huile dans la poêle, la viande hachée va brunir lentement, et la conversation se voudra courte et tranchée...

Comme les oignons.

– M'man, Francis est parti ce matin. Ils vont le placer en centre d'accueil!

– C'est peut-être mieux pour lui!

– Tu penses? Les épais! Ils savent pas ce qu'ils font, jamais. Dans leurs bureaux, ils pensent savoir, mais c'est tout... rien de plus, tu peux me croire!

– Si tu le dis.

Un discours languissant, presque insoutenable.

– P'pa va pas mieux?

– Comment veux-tu qu'il aille mieux, Jean, voyons! Il est là depuis déjà presque cinq ans, c'est pas un miracle qui va le ramener, c'est certain..

– T'as pas trouvé ça trop dur d'aller le voir?

– Pourquoi tu me poses cette question-là, Jean? Pourquoi je trouverais ça dur, hein? J'ai vécu avec lui pendant presque quarante ans, c'est mon mari, c'est ton père.

– Il ne parle pas beaucoup, hein?

– Qu'est-ce que ça serait nécessaire qu'il dise, ton père, hein? Rien de particulier. Simplement avec ses yeux et sa main droite, c'est possible de le comprendre, tu dois le savoir, tu vas le voir souvent!

La moutarde sèche, le bouillon de poulet, les fèves germées, la laitue chinoise, le poivre...

– Je sors ce soir avec Pierre Brunet, tu sais, tu le connais, le prof de sixième de l'école Le Calumet!

– Je sais, je le connais.

Rien de plus.

Pierre Brunet est homosexuel.

Personne à la commission scolaire ne se doute de rien. État civil : célibataire... ou tapette! C'est quasiment pareil. Jean Dégarie en sait quelque chose. Il a lui-même souffert de tous ces préjugés chuchotés ici et là dans les corridors, dans un coin du bureau de la secrétaire, de loin dans la cour de récréation, des dires, des potins, des racontars mesquins... Tous ces qu'en-dira-t-on stupides qui roulent irrespectueusement dans la bouche des cancaniers frustrés par une vie conjugale plate à mourir. Quant à la vie personnelle du professeur de sixième de l'école Le Calumet, Pierre Brunet, elle est aussi assujettie à tous les ragots du village, depuis la montée Saint-Fridolin jusqu'au boulevard des Laurentides.

Pierre Brunet mène une vie exemplaire dans son milieu. Il est calme et toujours bien mis. Ses méthodes pédagogiques sont parmi les plus révolutionnaires, et ses élèves s'accrochent à sa compétence comme de jeunes singes à leur maman guenon.

Mais, lorsqu'il longe les murs bourrés de graffiti obscènes de la rue Sainte-Catherine, ses émotions prennent alors le dessus et c'est avec une rage insoupçonnée de sexe et d'aventures illicites qu'il se faufile partout tel un matou vicieux.

Rien de plus... pour le directeur, les autres enseignants, les parents, Marie-Esther aussi.

Mais discuter avec Marie-Esther a toujours été une affaire excessivement délicate, une espèce de chirurgie plastique ne menant nulle part. À quelques semaines ou quelques mois de la mort de son père, des souvenirs épars et lourds dorment toujours sous la lourde couverture mal tissée de ces sombres années d'alcoolisme, des années oubliées de peine et de misère parce que poussées du revers de la main comme pour les éviter. Jean préfère oublier les souffrances de son père pour l'instant. Ce soir, il va sortir avec son ami Pierre Brunet, mais il n'aime pas ça. C'est bien pour lui faire plaisir. Il sait que son copain va lui faire visiter les sombres cabarets *gay* de la métropole, depuis Amherst jusqu'à Papineau sous le pont Jacques-Cartier...

Il n'aime pas ça, Jean Dégarie.

Les préjugés, probablement...

Ou les quelques sombres galipettes de son enfance alors que Philippe Lafontaine s'amusait à le masturber dans le grenier... Voilà peut-être ce qui explique toutes ses angoisses d'homme solitaire marié une seule et unique fois avec un pétard à mèche de fille chaude et lubrique...

Et divorcé par la suite.

A-t-il jamais été capable de canaliser sa «libido»? Il n'en sait rien. Depuis un certain nombre de mois, plus rien ne l'excite. Il a beau scruter les petites annonces à la loupe, rechercher les plus essoufflants bordels de la ville, cueillir les fruits défendus des films pornos, se servir du téléphone obscène pour se brancher au désir, feuilleter des revues cochonnes américaines et se glisser furtivement derrière les paravents cousus de fil d'or des salons de massage, il se demande pourquoi et pour qui il banderait. Le désir n'y est plus. Il aimerait revenir à son «entre guillemets», état normal d'antan, mais il accepte la situation, qu'il croit temporaire. Il ne sait pas quand, mais il a la certitude qu'un bon matin une ardeur sexuelle renforcée va rouler en lui et finir par éclater (ou éjaculer...) au grand jour. C'est pourquoi l'angoisse ne cesse de le tenir par les couilles. Depuis qu'il a quitté la Gaspésie, tout comme son père, il n'a jamais été le même. Très mauvais navigateur entre les îlots de la rivière des Mille-Îles... il envie la liberté des goélands et des macareux, et voudrait retrouver les grands vents du large et faire l'amour sur les galets juste en face du rocher Percé, un soir d'automne et de pluie sauvage...

Même s'il est certain de n'aimer que les femmes (et peut-être malicieusement aussi quelques jeunes filles fraîches des environs dont il rêve de mordiller les mamelons, mais dont il sait taire les noms par respect pour leur minorité), c'est pour vérifier ses états d'âme qu'il a accepté d'accompagner son ami Pierre Brunet, pour passer le temps ou... Il redoute l'aventure qui finalement semble vouloir se poursuivre au restaurant El Sombrero en face de l'ancien théâtre Félix-Leclerc où, comme un goinfre, il avale tout à son aise les meilleurs tortillas de la métropole. Pierre sourit aux hommes présents et leur raconte ses exploits de mâle en chaleur mais, en ce qui concerne Jean Dégarie, les bourrelets de son ventre sont rapidement repérés par le grand mâle bronzé qui lui frôle la jambe en se «tortillant» les fesses et le «saucisson».

La bière mexicaine a mauvais goût durant la saison froide.

Pierre invite son ami à venir se détendre au bar d'à côté, Le Rustre. Pour passer le temps ou... Il est minuit trente. La salle, pleine de fumée, est bondée d'hommes dont la virilité est à peine camouflée sous des jeans percés et des pantalons de cuir trop serrés. Ils reniflent dans toutes les directions alors qu'ici et là, derrière leurs verres de bière, ils lorgnent d'un œil cochon en direction d'un jeune danseur dont la musculature et le bronzage, à n'en pas douter, leur procurent des sensations divines.

Jean Dégarie n'en croit pas ses yeux. Il se sent soudainement mal à l'aise. Tel un gros ours mal léché des cavernes de son enfance, il camoufle sournoisement sa gêne dans son énorme parka. Il salue Pierre qui tente de le retenir et file à toute allure avant de se retrouver sur le trottoir où les néons de la Catherine lui donnent soudainement la nausée. Il paierait sûrement trop cher cette nuit de voyeur. Sa bedaine claque au vent et ses membres se mettent à trembler. Le souvenir des attouchements de son cousin Philippe s'éclipse dans la nuit sombre et glaciale où, en toute hâte, il hèle un taxi dans lequel il s'engouffre. Un Noir aux dents éclatantes lui sourit gentiment. Il ne sait trop pourquoi, mais la voix du chauffeur lui rappelle celle du vieux Nico, son ancêtre du cap Rouge, entre Anse-à-Beaufils et Percé, quand il se berçait sur la galerie durant des heures, face à la mer, le vieillard perdu baignant dans les eaux de son enfance retrouvée au bout d'un siècle de vie de labeurs et d'éternelles partances en mer, l'homme des cavernes de ses premiers balbutiements, son dieu, son maître à penser, le phare de ses angoisses nocturnes, Nicholas Desgarris, un Anglo-Normand natif de Saint-Pierre-au-Bois à Guernesey, cet arrière-grand-père qui avait un jour été sauvé des eaux de l'Atlantique et d'une mort certaine par le Bouddha de Percé... Tous les soirs, avant de s'endormir, le professeur de Tourneville lit une partie du journal personnel de sa vieille tante, Lovanie Desgarris, quelques bribes d'un court récit arraché à la littérature orale par les malhabiles coups de plume d'une femme exceptionnelle et généreuse.

Béni soit le Bouddha de Percé!

Lorsque, vers deux heures du matin, il rentre chez lui, sa mère ne dort pas. Elle se ronge nerveusement les ongles près du réfrigérateur neuf, comme elle le faisait toujours lorsqu'elle attendait la venue de son mari soûl mort et quelquefois violent (trop souvent violent...) à Val-d'Espoir.

Jean Dégarie s'approche d'elle :

— T'es pas couchée, maman? Étais-tu inquiète?

— Non, Jean, je sais bien que tu fais rien pour m'inquiéter, j'en suis consciente...

— Tu m'as rappelé des souvenirs en Gaspésie, lorsqu'on attendait papa qui rentrait pas!

— C'est loin, tout ça, mon garçon. Depuis le temps, ton père a pas mal réglé ses problèmes avec nous autres, tu le sais. Maintenant qu'il en a plus pour longtemps, j'ai tout oublié. Il y a plein de choses qu'il faut savoir laisser derrière... C'est même pas nécessaire de pardonner. Faut simplement laisser ça loin, très loin, juste pas vivre avec, tourner la page et continuer. C'est ce qu'on est capable de faire, tes frères, tes sœurs, toi et moi, Jean... La force et l'énergie qu'y faut, on l'a. Non... si je suis pas couchée, c'est parce que j'ai reçu la visite d'un jeune homme qui dort dans le salon, sur le divan... Un garçon qui pleurait à chaudes larmes. J'y ai donné à manger. Il était autour de dix heures quand il est arrivé.

Sur le luxueux divan fleuri du salon dort Francis Pion, un garçon triste et solitaire, que toutes les larmes de ses yeux ont voluptueusement arrosé pour le protéger d'une déplorable réalité.

– Tu sais, il est arrivé, il m'a raconté qu'il s'est sauvé du centre d'accueil... qu'il était dans ta classe avant, tu vas m'expliquer, hein? Tu parles jamais trop de ta classe, Jean! Je sais pas trop, mais je l'ai gardé à coucher. Penses-tu que j'ai bien fait, Jean?

– T'as bien fait, maman.

– Quand je l'ai bordé, avant de s'endormir, il m'a demandé de l'embrasser... parce que sa mère l'avait jamais fait quand il était petit, qu'il m'a dit. Ça m'a rappelé la fois où... à Val-d'Espoir, un quêteux était passé... Ah! laisse faire, je retourne me coucher. Bonne nuit, Jean!

– Bonne nuit, maman! Reste couchée demain matin, maman, je m'occupe du déjeuner...

Debout avant l'aurore comme c'est son habitude, Marie-Esther a déjà préparé le petit déjeuner. Des crêpes, des œufs et du jambon. Ça sent le café aussi. Francis dort encore sur le divan du salon, la neige remplit le ciel de lourds flocons et Jean est songeur. Il a souvent rendu des services à ses élèves, mais jamais il n'est allé jusqu'à en recevoir un à coucher à la maison. Et même si c'est sa mère qui a pris la décision, il n'aurait probablement pas agi autrement. Mais les mauvaises langues sont si fines et pointues, toujours prêtes à sauter sur ce qui semble inhabituel à première vue.

Marie-Esther verse le café :

– C'est celui-là, ton cormoran déchaîné, Jean?

– Mon cormoran déchaîné... Comment ça se fait que tu sais que je l'appelle comme ça?

– Ben... En nettoyant tes papiers, l'autre jour, j'ai vu un poème que t'écrivais. C'est pas par exprès, mais j'ai pas pu faire autrement que de le lire jusqu'au bout. C'était beau...

– Ah! bon, si tu l'as lu! Ouais, le cormoran déchaîné, c'est bizarre, hein? Je te dis, je me demande comment je fais pour le supporter. Je pense qu'il va finir par me faire perdre le contrôle. Y est terrible pour se révolter... pis tout bousculer autour de lui. Quand une crise le poigne, y a rien à faire. Non, je te dis, c'est un vrai déchaîné!

– Mais pourquoi «cormoran», dis? Y est pas né en Gaspésie à ce que je sache!

– Cormoran? Je sais pas trop... Peut-être à cause de ce que j'ai déjà lu à propos de cet oiseau dans un livre de Claude Melanson sur Percé : Le cormoran, cet oiseau noir «drapé dans sa dignité comme dans un linge mouillé». Je sais pas. Francis, on dirait qu'y a pas sa place sur cette planète pis que c'est comme impossible pour lui d'en trouver une. Il est comme un oiseau noir qui plonge partout pour nourrir sa famille. Il est déjà adulte sans avoir eu le temps de vivre son adolescence. En tous cas, il joue à vouloir prendre des responsabilités comme une grande personne. Mais y a seulement onze ans. Ça, le monde s'en fiche, maman! C'est rendu que ce sont les enfants qui sont souvent plus adultes que leurs parents. Mais ça serait long de t'expliquer..

– J'aimerais ça que tu m'en parles quand même!

– Un jour, peut-être. Pour l'instant, ça me tente pas de remuer ciel et terre pour redéfinir le monde. J'ai déjà essayé de le faire, ça donne rien.

– Dis pas ça, Jean, dis pas ça!

Francis s'approche en bâillant. Il a déjà enfilé ses jeans et sa veste d'hiver et, mal à l'aise, s'apprête à quitter.

– Viens t'asseoir pour déjeuner!

– Je veux pas... vous... vous déranger!

– Tu déranges personne, voyons! Où est-ce que tu vas aller, hein? Si t'as quitté le centre d'accueil pour venir coucher ici hier soir, Francis, tu peux ben te permettre de déjeuner.

Allez! Je vais te laisser deux minutes avec ma mère, le temps de faire un saut au dépanneur! Y a pus de pain...

– Je peux y aller à ta place, Jean, ça va me faire plaisir!

– Non, non. Tu peux commencer à déjeuner.

Jean Dégarie n'est pas fier. Il sait ce qu'il a fait durant une bonne partie de la nuit et où il a bamboché. Ses agissements bizarres se lisent peut-être sur son visage. Après tout, il est prof et doit donner le bon exemple. Même si elle s'est souvent transformée avec les courants modernes, cette notion de «bon exemple» est toujours restée imprimée noir sur blanc dans les livres de pédagogie. Comme tant d'autres avant lui et depuis le tout début de sa carrière, un jeune homme est passé dans sa vie. Cette fois, c'est le cormoran déchaîné. Marie-Esther était là, heureusement. Elle va éclaircir la situation et piquer un brin de jasette avec lui... Enfui du centre d'accueil. Pour quelle raison? La misère et l'incompréhension tatouées sur son corps défini. Il va repartir comme il est venu. Et revenir dans la classe tout bousculer et hurler sa peine. Où demeurer? Chez l'oncle mal rasé où encore ailleurs... Fréquenter les bars top*less* où danse sa mère. Il a demandé à Marie-Esther de l'embrasser. Francis Pion n'a nulle part où aller, nulle part où demeurer, nulle part où vivre. Il dérange sans cesse et n'attire plus la sympathie comme lorsqu'il avait six ou sept ans et qu'on le trouvait mignon sur les photographies. On croyait alors qu'il allait peut-être changer, s'améliorer. Francis Pion est bel et bien entré dans le monde impitoyable de la délinquance et il ne s'en sortira peut-être jamais.

En attendant, il déjeune avec Marie-Esther dans la cuisine chez Jean Dégarie, professeur de sixième année à l'école de Tourneville. La neige tombe drue et les vents de la rivière la transforment rapidement en première tempête d'hiver.

– Combien pour les deux pains frais, madame?

– Sont frais nos pains, n'est-ce pas, monsieur! Même le dimanche, ça trompe pas...

C'est la crise dans la classe. La véritable crise. En attendant de se dénicher une nouvelle famille d'accueil, Francis Pion est allé demeurer chez un oncle drogué avec un père alcoolique dans une maison froide proche d'un trottoir perdu quelque part au fond d'un cul-de-sac où personne ne peut l'espionner et où les sapins de Noël n'ont pas leur place.

En classe, il écœure les copains. Brise tout, casse tout. Envoie chier tout le monde, crisse sa main sur la gueule du téteux à Paradis, flirte la belle Nancy, une charmante pré-adolescente aux yeux bleus et aux cheveux bouclés, lui flatte la cuisse, elle lui hurle de la laisser tranquille... Déchire ses cahiers, lance des bouts de crayons, déroule des condoms qu'il souffle gros comme des ballons de foire, fume dans un coin, ridiculise les plus petits qui n'en peuvent plus...

– Aïe, Jean, ça a pas d'allure! Dis-y d'arrêter de nous écœurer ou ben...

– Immaculée-Conception, arrêtez-moi, je vais commettre un meurtre!

Pourtant, Jean n'est pas obligé de le supporter dans la classe. Il le voyage quand même soir et matin, le cormoran... soir et matin depuis qu'il est venu quêter un toit, un bon samedi soir, et que Marie-Esther l'a si bien accueilli.

– Francis, tu peux pas continuer comme ça! Tu sais, ça me fait plaisir de te voyager soir et matin, mais en réalité... tu devrais aller dans une autre école! T'es plus sur le territoire de la Commission scolaire...

– Dis-le que je t'écœure, hostie!

– C'est pas ce que j'ai dit, bonhomme, tu le sais très bien. Je te voyage en attendant que ton père se branche et qu'il se trouve un appartement pour vous deux...

– C'est dans une famille d'accueil qu'y veut m'envoyer, le chien sale! Y boit comme un trou! Y est pas prêt à me garder. Y est «fragile», le bonhomme... C'est les travailleurs sociaux, les tabarnaques, qui le trouvent «fragile»... Pis moi, là-dedans, hein, chu fort comme un hostie d'éléphant!

– Je sais tout ça, Francis, mais tu peux pas continuer de cette manière-là à l'école, ça a pus de bons sens, je pourrai pas supporter ça longtemps, les élèves non plus. Noël approche...

– Écœure-moi pas, chu rendu! Pis arrête de venir me chercher si je t'écœure tant que ça! Je vais m'arranger tout seul pour me voyager!

Ce lendemain matin-là...

La neige avait recouvert le sol durant la nuit. À la commission scolaire de Tourneville, personne n'avait osé prendre la décision de fermer les écoles. Francis n'était pas à la maison. En classe, il manquait quelques élèves frileux qui avaient préféré les couvertures chaudes à la brise glaciale du matin. L'avant-midi tirait à sa fin, il était quelque part autour de onze heures, Jean faisait répéter la petite chorale de Noël qu'il avait mise sur pied. Francis est rentré en coup de vent, l'air baveux des pires jours, un paquet de gomme baloune dans la bouche... L'eau n'était pas encore glacée dans le vase, la goutte l'a fait déborder :

– Salut, Nancy, j'ai le goût de te mettre à matin! Pis toi, Jean, t'es pas venu me chercher, mon gros crisse, je t'attendais...

«Immaculée-Conception, pardonnez-moi!»

Jean Dégarie ne s'était jamais fâché comme ça, sauf une fois, durant ses premières années d'enseignement. Son pied est allé solidement se déposer dans l'arrière-train du délinquant, son bras gauche a empoigné le chignon du cou déplumé de l'oiseau mal élevé et l'a soulevé de terre, sa rage a secoué la léthargie des autres élèves et les notes fausses des «Anges dans nos campagnes» ont peut-être sauvé la situation. Ayant perdu le contrôle de ses gestes, Jean Dégarie a lancé le jeune garçon dans un coin de la classe et, flamboyant comme un soleil couchant, lui a hurlé :

– Tu vas arrêter de nous écœurer, toi, mon petit maudit! T'as-tu compris? Mon espèce de mal élevé, p'tite graine de délinquant, tu vas arrêter de nous écœurer!

Les élèves étaient bouche bée, yeux hagards, ventres endoloris, toujours accrochés aux clés de sol et de fa. D'autres enseignants sont venus. Ils ont tenté de calmer le gros professeur en colère. Francis s'est relevé :

– Mon hostie de gros tabarnaque! Tu me toucheras pas deux fois, mon gros plein de marde! M'en vas te la faire perdre ta job, moi!

– Tu me la feras perdre, ma job, mon salaud!

– T'as pas d'affaire à me parler de même, t'as pas le droit, O.K. là? M'en vas te la faire perdre, ta job!

– Mais avant de me la faire perdre, mon mal foutu, m'en vas te sortir assez raide d'icitte! M'en vas te placer dans une école spéciale pour les débiles mentaux de ton espèce!

– Non, tu me feras pas sortir de ta classe.

Jean Dégarie n'avait jamais hurlé de la sorte :

– Si tu t'écrases pas dans c'te chaise-là d'ici dix minutes pour qu'on puisse se parler une fois pour toutes dans le blanc des yeux toi pis moi, Francis Pion, tu rentreras PUS JAMAIS dans ma classe, tu m'as compris?

– Puff! Va don' chier, le gros! M'en vas m'en aller dîner ousque je peux pis m'en vas revenir après-midi, pis t'as pas le droit de pas me recevoir...

La cloche était sonnée, les élèves encore paralysés, les autres enseignants, les pieds croches, avalaient de travers...

– J'm'en vas te répéter ce que je viens de te dire pour que tu me comprennes bien. Si tu t'écrases pas dans c'te chaise-là d'ici dix minutes pour qu'on puisse se parler une fois pour toutes dans le blanc des yeux toi pis moi, FRANCIS PION, tu rentres PUS dans ma classe, c'est clair?

– On va ben voir, hostie de tabarnaque!

– Dix minutes que je te donne pour revenir, Francis Pion, tu m'as ben compris, DIX MINUTES, pas plus! Les autres, vous pouvez aller dîner.

Le jeune délinquant n'a pas pris la peine d'enfiler son manteau ni ses bottes. Il a quitté l'école en défonçant quelques casiers en métal. Il avait l'air de l'enfant sur la route «parapapampam!» et dans sa tête, tel un roulement de tambour, se bousculaient les mots : DIX MINUTES... DIX MINUTES... DIX MINUTES... pas plus!

Jean Dégarie eut soudainement envie de vomir. Il se rappela une scène semblable en Gaspésie, alors qu'il en était à ses toutes premières armes comme enseignant. Il avait secoué un jeune garçon à un point tel qu'il avait dû affronter les foudres des autorités scolaires, celles de la direction, celles de tout le village qui lui avait craché au visage : «On n'en supportera pus d'autres, Dégarie, dans nos écoles...»

C'est peut-être à la suite de ces événements qu'il avait pris la décision de quitter la Gaspésie, peut-être bien...

DIX MINUTES... DIX MINUTES...

Ça lui en a pris d'interminables minutes, quinze, peut-être vingt... qu'importe. Il est revenu. Il s'est assis sur le coin d'un bureau, le dos tourné, les cheveux déjà clairsemés et le regard noyé dans le décor terne du village de Tourneville, une image grise avec en son centre un pénitencier bourré de malaises et de plaies sociales. Jean a respecté le silence du moment. Dix autres minutes, quinze, peut-être vingt...

– T'as pas dîné, Francis?

– Laisse-moi tranquille, ok là?

– Si tu veux!

Mais il a rapidement explosé :

– C'est pas toi, Jean Dégarie, qui va te retrouver un jour dans c'te crisse de trou-là, non! Regarde, juste à côté du centre d'accueil où ton père se meurt... le pénitencier! T'as déjà toute ta vie de faite, toi. Tu gagnes de l'argent, t'as ton char, t'es célibataire pis tu te sacres de tout le monde, je le sais... C'est pas toi qui manges de la marde à longueur de journée avec un bonhomme de père même pas capable d'apporter à manger à maison! C'est pas toi qui sait plus où aller, qui sait plus comment regarder les autres qui rient tout le temps de lui! C'est pas toi qui te noyes tranquillement, Jean Dégarie, non!

À n'en plus douter, il était ce cormoran déplumé abandonné quelque part au milieu de l'océan. Mais, cette fois, il ne cherchait plus à se tenir debout sur son île. Elle était engloutie et il se retrouvait immergé jusqu'aux yeux à ne plus vouloir déployer ses ailes. Il se noyait lentement avec sa détresse et ses trop lourdes afflictions.

Jean revécut les minutes intenses du pique-nique au pont Knox, ce jour de baignade où il avait failli se noyer. Il chercha le secours dans les chimères du temps et ses yeux s'embuèrent lorsque le souvenir de la petite fille aux yeux bleus et aux cheveux bouclés de Saint-Julien-de-Bellevue se colla sensuellement à sa léthargie d'homme encrassé dans un monde de consommation et d'indifférence. La petite fille n'était jamais descendue du train. Elle n'avait peut-être pas voulu affronter l'impitoyable réalité d'un destin encore inconnu.

Et si elle revivait maintenant dans le cœur de ce cormoran triste, de cet adolescent malmené par les cruautés de la vie. Si son sourire et sa joie de vivre étaient à tout jamais gravés dans les traits de ce jeune révolté né plusieurs années plus tard, de sexe masculin...

Si les ancêtres l'avaient voulu ainsi! Si, de son côté, la vieille coureuse des grèves, par nuits de fortes pluies, s'était attardée à sculpter les agates multicolores, ces pierres d'eau fantastiques qui ont un pouvoir secret, celui de rendre bienheureuses les personnes qui les palpent, les caressent et les dorlotent au creux de leur main lorsque la lune darde ses rayons sur les galets de minuit. Si le vieil Armand s'était mis dans la tête de ressusciter l'espoir, quelque part entre Cap-Rouge et Tourneville! Si les romanichels gaspésiens et les feux-follets des côtes avaient décidé, d'un commun accord, de tendre la main aux rescapés du temps présent, de leur proposer une avenue nouvelle parsemée de projets réalistes! Et si, avant de mourir, le Vieux Bouc avait fait le vœu de prendre en main les rênes de la destinée du pays...

Pourquoi ne voulait-il donc pas mourir, Hildège, dans son lit de misère au centre d'accueil de Tourneville, tout à côté du pénitencier des douleurs, figé au cœur de l'image terne et grise d'une petite ville de banlieue? Qu'attendait-il donc pour aller rejoindre les autres, ceux du souvenir?

C'est peut-être à cause du Bouddha qui ne veille plus sur Percé depuis belle lurette. Ce n'est pas de bon augure. Personne n'y comprendra jamais rien. Personne ne se souviendra seulement de la terre lorsqu'elle aura quitté les lieux où l'Éternel aura bien voulu la créer. Personne ne se souviendra comment elle aura été extraordinaire. Et, pour leur survie, tous les êtres humains qui y auront été de passage se seront volatilisés en d'autres lieux avec l'aisance et la souplesse des grands athlètes du cosmos. Personne ne se souviendra du Bouddha sur sa tablette.

Béni soit toujours le Bouddha de Percé!

– On voit ben que c'est pas toi qui es à ma place, Jean Dégarie. Je sais pus où aller, asteure. Ma mère m'a sacré là, toi, tu sais pas. Tu sais pas ce qu'elle fait, ma mère. Je sais pas ce que tu dirais si tu le savais. Quand que je regarde en bas du troisième étage de l'école, je sais pas pourquoi je me jette pas en bas, moi, Jean, je le sais pas! Mais ça, y a personne qui sait ça... Pis je veux pas que personne le sache! Jamais, tu m'as compris? Hein, tu m'as compris? C'est pas vrai que le monde sont toutes des capotés dans c'te crisse d'école-là, Jean, c'est pas vrai. Je le sais pas ousqu'il est mon père à l'heure qu'il est, là. Y va sûrement rentrer paqueté comme à tous les soirs. On n'a plus rien, plus de char, plus de maison, plus d'argent... Je sais pas ce que je fais icitte à te casser les oreilles avec mes affaires qui t'intéressent rien que pas, je le sais. J'aurais dû pas revenir... Je te dérangerai plus...

Il pleurait comme pleure l'enfant perdu depuis des siècles au cœur de ses cauchemars, il pleurait comme lorsque la tendresse d'une mélodie se soude aux délires d'une âme, il pleurait comme on pleure quand tous les beaux souvenirs des matins d'août de son enfance se sont enlisés dans la médiocrité d'une sombre réalité.

Il pleurait comme lorsqu'on désespère.

DEUXIÈME PARTIE

Le Bouddha de Percé

Chapitre I

Centre d'accueil de Tourneville
automne 1990

Il est allongé sur un grand lit étroit, aux roulettes bloquées, dans une toute petite chambre du centre d'accueil Le Réconfort donnant sur la rivière de Tourneville. À soixante-quinze ans, on lui a immobilisé le bras gauche, son bras infirme, dans une prothèse rigide pour tuer les spasmes qui s'infiltrent d'une façon démente partout en son corps mais surtout dans son bras gauche, et on lui a enveloppé la main droite dans une grosse mitaine blanche pour éviter qu'il se blesse.

Voilà déjà un bon moment qu'il devrait être mort, mais il est là, vivant, qui respire toujours et sourit quelquefois. Les médecins ont diagnostiqué une tumeur maligne au cerveau il y a déjà quatre ans et demi. Les spécialistes l'ont ausculté une vingtaine de fois et sous toutes les coutures, on lui a fourré la tête et la cervelle dans un scanner dernier cri et maintenant on hurle au miracle (ou à l'injustice). Il ne semble pas souffrir, mais il devrait être mort depuis au moins deux ans, ça, c'est bien certain... Ce sont les médecins qui l'ont juré il y a quatre ans et demi.

Depuis, ils font la moue et ne parlent de rien. C'est incompréhensible! Que se passe-t-il donc avec Hildège Dégarie, fils d'Armand Dégarie et petit-fils du guernesiais Nicholas Desgarris de Saint-Pierre-au-Bois?

Comme son père Armand, il a été croyant toute sa vie. Dieu va bien finir par le rappeler à lui comme il l'a fait pour son père, qui s'est noyé au début de mai 1955.

«Seigneur, je suis encore là, si tu pouvais me dire pourquoi. Je te demande de pardonner mes péchés et de veiller sur les miens, que je ne reconnais plus! Toi-même, Seigneur, les reconnais-tu seulement? Je suis né en Gaspésie, mais jamais personne n'a réalisé pleinement la richesse du coin de pays que tu as volontairement déposé sous les yeux des générations qui se sont succédé en ces lieux. Des joyaux comme on n'en retrouve nulle part ailleurs à l'extrémité est de la pointe gaspésienne, dans un climat de froidure et de vent, avec des saisons si courtes en été et tellement froides et paralysantes en hiver. Tu as parsemé les terres de gel et de frimas, et tu as profité de ton passage pour y établir une manufacture de vent forte et productive qui ne demande jamais l'avis de personne pour faire des sparages jusqu'à l'île d'Anticosti en balayant le golfe et la mer.»

Comme son père Armand et parce que, bien sûr, c'est inévitable, Dieu va finir par le rappeler à lui... mais, pour l'instant, il est préférable de le respecter et de ne pas le blasphémer. De ne pas lever le poing vers lui non plus!

Percé
printemps 1955

Il est encore trop tôt pour voir le soleil se lever sur la mer tout à côté de l'île encore imperceptible dans la pénombre du matin, mais Hildège Dégarie met déjà du bois dans le poêle.

Il regrette de s'être laissé attendrir par ses sœurs et d'avoir écouté son cœur toujours trop sensible. Lorsque son père s'est noyé, au début de mai, sa mère Angélique n'a pas eu le courage de garder l'aïeul, Nicholas Desgarris, le Vieux Bouc de la pointe âgé de cent deux ans. Avec son fils Rémi, un célibataire endurci que les charmes féminins semblaient laisser froid comme marbre, elle a émis le vœu de déménager à Douglastown chez sa fille cadette et de placer le vieux. Elle a par la suite légué le bien, dont personne d'autre ne voulait, à Hildège, l'aîné de ses enfants, qui n'a pas hésité un seul instant. Il a tout de suite compris les états d'âme de sa mère et pris le vieux en pitié. Il a loué sa maison de Val-d'Espoir et est venu s'installer avec sa femme et ses sept enfants dans celle du cap Rouge, pour perpétuer la mémoire des ancêtres et assurer la relève. Une bien modeste et petite maison pour une si grande famille.

Hildège Dégarie ne saura jamais dire non.

Monumentale erreur...

Depuis quelques années pourtant, à Val-d'Espoir, il était heureux, et cela, même si Marie-Esther relevait mal de son dernier accouchement. Il avait cessé de boire après cet accident stupide le jour du mariage de sa sœur, mais peut-être surtout parce que son fils aîné, Jean, après avoir aperçu l'automobile familiale carabossée tout à côté de la maison, s'était approché de son lit et lui avait dit :

– P'pa, ils ont tout' brisé ta belle p'tite toto!

Tous les habitants adultes de Val-d'Espoir connaissaient bien Hildège Dégarie et savaient que lorsqu'il buvait il était capable de rendre malheureuses des dizaines de personnes autour de lui, mais les enfants Dégarie, eux, croyaient au père Noël et savaient instinctivement que le personnage légendaire à barbe blanche et à tuque rouge des poudreries de décembre était quotidiennement à portée de leur main et qu'il ne pouvait commettre pareilles bévues. C'est pourquoi les «il» en question représentaient «tous les autres individus encore indéfinis dans le paysage» mais jamais quelqu'un de la famille, jamais, au grand jamais...

Encore moins leur père.

Hildège aime regarder ses enfants lorsqu'ils dorment à poings fermés. Dans moins d'une heure, il va démarrer sa camionnette et partir en tournée dans les villages environnants pour ramasser les bidons de crème et les porter jusqu'à la beurrerie de Cap-d'Espoir. Il va réveiller son plus vieux, Jean, et lui demander d'aller servir la messe à Percé. Deux milles aller-retour. C'est le jour du couronnement de la Vierge Marie. Puis il va revenir battre les œufs et verser le blé soufflé dans les bols avant de repartir au travail, faire la malle rurale avec la trâlée de petits sur les bras. Sa femme est très malade, une dépression nerveuse comme l'a prétendu le docteur Pronovost. Hildège ne veut pas revivre les événements de ces longues et tristes années qu'il a connues, à Val-d'Espoir, à se débattre corps et âme contre les fureurs de la misère et du destin; tous ces moments sauvages dans sa vie d'homme naïf et généreux, il a choisi de les enterrer pour les voir pourrir avec son chagrin dans une terre dénudée de sentiments. Il ne veut pas que survienne à nouveau un drame comme celui qu'il a vécu le jour où tragiquement est décédée, à l'âge de vingt ans, la femme dont il était tendrement amoureux, sa première épouse, alors enceinte de huit mois.

Il va tout faire pour que Marie-Esther reprenne goût à la vie, quitte à demander l'aide d'une fille à gages.

Il voudrait aussi protéger ses sept enfants contre les hasards du temps et de la fatalité. Il a déjà perdu sa fille aînée morte brûlée en 1950, au mois d'avril, et c'est pourquoi il a voulu éteindre le feu du désespoir en le noyant dans l'alcool jusqu'à cet accident de voiture en 1952, le jour des noces de sa sœur, lorsqu'il a pris conscience de la responsabilité qu'avait mise sur ses épaules la venue au monde de ses premiers enfants.

Hildège Dégarie a le souffle court d'un homme dont les bronches sont affectées. Mais il ne veut pas cesser de fumer.

Le dimanche, à l'église, il tousse sa messe et avale le chant grégorien en se raclant la gorge. En plus, il bégaie. À l'âge de huit ans, il a failli mourir et c'est sa mère qui, grâce à une potion faite avec de la suie de tuyau de poêle, de l'onguent camphré et un peu de moutarde, l'a miraculeusement guéri. À quatorze ans, il est allé geler dans les chantiers et la poliomyélite l'a frappé de plein fouet pour l'abandonner sur le rivage de ses infortunes, paralysé du bras gauche, ce qui lui a quand même permis d'éviter la conscription. Il s'est fait à la fois pionnier et coureur des bois, maître de graves et colon, quelquefois poète. Il n'est allé à l'école que le temps de recevoir quelques bonnes mornifles de la maîtresse d'école et, malgré ses malheurs, il voue une dévotion particulière à la Vierge Marie.

Hildège Dégarie n'a jamais su dire non.

Il se berce pendant que s'étire le chat, paresseusement, un peu en cachette, avant que la fraîcheur du matin n'éclate sur un jour nouveau et que ne s'éveille aussi le doyen du pays, l'ancêtre Nicholas Desgarris, «un vieille carcasse passée de mode sur laquelle les anges lèvent le nez», comme il disait lui-même avant de perdre la raison. Un vieillard pour qui l'entourage se doit de tout remettre en cause, le bonheur avec.

Le Créateur a manqué de respect à la nature dans ce coin de pays où rien ne pousse. Le tourbillon des vents de terre et de mer ne laisse qu'une place fragile et petite aux herbes sur les plages et à quelques pissenlits le long de la vieille maison de bois qui refuse de s'accrocher à la silhouette noire de l'ombre qu'elle projette. Et l'été, c'est froid, un peu glacial, et les vents de terre et de mer font la vie dure aux touristes malins des cantons lointains et des régions bourrées de grosses automobiles dans lesquelles ils s'entassent pour venir mélanger leurs odeurs à celles des herbes à cochons et des morues salées sur les vigneaux.

C'est le dernier jour de mai avec encore quelques pouces de neige dans les coulées sous les conifères chétifs et il n'y a pas assez de pissenlits le long de la maison pour faire ne serait-ce qu'un minuscule bouquet.

Personne, dans ce pays, n'a dessein de lever le poing vers le Créateur et de lui reprocher sa sottise. Parce que les Orientaux de la pointe gaspésienne, par un matin pluvieux d'autrefois, se sont réveillés en bâillant d'allégresse devant la muraille de roc percée d'un œil pervers. Ils ont murmuré des paroles remplies d'interrogations, mais se sont aussitôt mis à creuser et à construire sur les falaises, et à sentir tout bonnement qu'ils allaient pouvoir, autour de cette longue muraille baignant dans le golfe à quelques lieues du littoral, remplir leurs barques de poissons frais cousus d'écailles.

Jean Dégarie ne va pas à l'école. Il est assis sur la galerie, près de son arrière-grand-père, le Nico.

Un vieux bouc.

Cent livres d'os et un rien de chair dans une chaise berçante criarde. Nicholas Desgarris a le cœur silencieux d'un pêcheur guernesiais oublié de cent deux ans. Il contemple l'unique pissenlit apparu un matin encore froid de mai du côté sombre de la maison et oublie les autres qui dansent au sud en pointant leur couronne au soleil. Ne veut pas entendre les cloches de l'église sur laquelle, un jour de corvée générale, il a posé de nombreux bardeaux. Ne veut pas regarder les deux clochers où il a secrètement caché, à l'époque de la Crise, les frère Frügard, deux Norvégiens en fuite. C'est le mois de Marie, jour du couronnement de la Vierge, et le vieillard grommelle des mots du passé sur sa plate-forme de bois près du cap Rouge de Percé.

Les Orientaux de la pointe ont grandi avec l'image du rocher tatouée dans le décor. Mais Jean Dégarie a la mer comme horizon et quelques terres côteuses se découpant en arrière-plan. Il ne peut apercevoir ni le rocher ni les Trois Sœurs ni le pic de l'Aurore parce qu'une colline malicieuse s'obstine à les cacher. Il voit l'île cependant, l'île Bonaventure avec son sanctuaire de rêves et d'oiseaux fuyards.

Oh! oui, il y a belle lurette que Jean Dégarie n'est plus un bébé. Il a huit ans et, depuis qu'il est déménagé au cap Rouge avec sa famille, il ne va pas à l'école. Il n'a rien oublié cependant de ce qu'il a appris. Pour comble de malheur, voilà quelques mois que son Vieux Bouc n'a plus toute sa raison et qu'il a cessé de lui raconter les légendes de la péninsule. Le jeune garçon va quand même se rendre à la cérémonie à l'église et servir la messe du couronnement de la Vierge. Soulever la chasuble blanche cousue de fil d'or encore une fois et attendre les caprices du curé Belzile, faire tinter les clochettes jusqu'à ce que les vieilles dans les premiers bancs cessent de marmonner des prières stupides. Et le prêtre va le regarder de travers et c'est bien certain qu'une fois à la sacristie, il va lui mettre son impertinence sous le nez et lui administrer une claque en pleine face.

Jean Dégarie va revenir de la messe lorsqu'il sera dépassé huit heures. Son vieux Nico se lèvera alors de sa chaise pour se cogner la tête contre le mur de bois et sa mère s'obstinera encore à vouloir lui faire entendre raison.

Jean va ensuite s'éclipser dans la coulée près du ruisseau devant la mer où il va s'amuser dans la boue et jouer avec les vieux bois de mer et les râteaux rouillés apparaissant sous les plaques meurtries d'une neige inhumaine en Gaspésie. Il sait que très bientôt il va se mettre à l'ouvrage avec son père et ses jeunes frères, et tapisser les vigneaux de morues fraîches. C'est toujours comme ça depuis qu'il a souvenance. Des hommes vont venir aussi. L'oncle Rémi qui se berce tout le temps et le cousin Philippe avec son casque et ses bottes d'armée. Ils vont se servir des techniques apprises au fil des ans et saler les morues nettoyées et lavées à grande eau. Et lorsque les chaleurs seront revenues pour de bon et que le soleil se sera plus à cuire les galettes puantes et raides de sécheresse, les mouches se feront aussi un devoir d'occuper la place.

Jean Dégarie vit à l'ombre de l'île et, même si c'est le printemps, il ne la remarque pas. Il dit que c'est parce qu'il y a beaucoup trop de neige dans les coulées et que le soleil boude le pays en utilisant toutes ses énergies pour ne réchauffer que les bardeaux de cèdre sur les toits. Pendant ce temps, les morues pourrissent, c'est bien certain. Et Jean Dégarie se rappelle que les histoires que racontait le Vieux Bouc, avant qu'il ne perde la raison, avaient quelque chose d'impalpable.

Extrait du journal de Lovanie Desgarris
Percé (Québec)

Ses yeux étaient ouverts et les grains de sable collaient à ses cils. Un brouillard malsain envahissait la côte morte et l'homme tentait de s'accrocher aux herbes hautes frémissant au pied de toutes ces falaises immensément fortes et tellement mystérieuses, ces forteresses naturelles qu'il croyait reconnaître, mais qu'inconsciemment il savait irréelles tant elles se confondaient et se perdaient dans sa mémoire. Échoué quelque part en un ailleurs incertain, il ne réussissait qu'à s'écorcher les jointures et les coudes sur les coquillages pourris d'une plage inhospitalière et vide, comme si les millions de morues et autres poissons n'avaient eu d'autres choix que de se donner rendez-vous ailleurs.

Il avait fait froid tout le temps qu'avait duré l'infernale traversée. Les Jersiais avaient bien fait de s'en remettre à la vigilance de Dieu. Ils s'étaient payés cette garantie qui avait vite assuré l'équilibre mental de l'équipage. Là-dessus, même s'il n'était qu'un épouvantable escroc ayant vécu une partie de sa vie à Jersey, le capitaine du navire avait vu juste.

Mais Nicholas Desgarris n'avait pas senti le besoin de prier. Né à Saint-Pierre-au-Bois sur l'île de Guernesey en 1853, il allait avoir dix-huit ans le mois suivant. Comme tous ces Acadiens de Belle-Isle en Bretagne et de Saint-Servan qui, un siècle plus tôt, avaient préféré revenir au pays après la triste Déportation, ces hommes et femmes qui s'étaient embarqués sur des immenses goélettes

*de pêche à la recherche de la fortunée morue des terre-neuvas,
Nicholas avait voulu fuir la honte du pays et surtout la hargne de
ses semblables pour chercher en une terre nouvelle l'assurance d'un
juste devenir.*

Chapitre II

Centre d'accueil de Tourneville
automne 1990

Il peut à peine bouger et les heures sont interminablement longues. Encore heureux que l'automne soit dans son plus fort et que les mouches ne soient plus de la partie. Elles lui chient toujours sur le nez, c'est épouvantable, et les infirmières ne sont jamais là pour le gratter. De toute manière, elles ne le grattent jamais.

Son fils Jean est passé en fin d'après-midi lui apporter des nouvelles de la famille, de sa femme Marie-Esther qu'il n'a pas vue depuis le dernier Noël et de tous ses autres enfants, neuf à table par soir de grands vents et d'Halloween. Ils sont tous casés, ses enfants, mais ils se «décasent» si facilement, à ce qu'il paraît, comme plusieurs autres couples contemporains...

Hildège en aurait long à raconter sur sa famille, mais l'instant est à Jean, son fils Jean, son plus vieux, avec qui il ne peut presque plus communiquer. Jean...

– Salut, p'pa, ça va?

– Ouais.

– Tu me reconnais?

– Ouais!

– Peux-tu dire mon nom?

– Ouais...

Hildège en aurait long à raconter sur les éternels questionnements de Jean, terriblement fatigants à la longue. Mais il sait que son fils ne veut que lui faire plaisir, c'est évident. Et puis, c'est le seul qui se déplace souvent pour venir le voir. Simone aussi vient régulièrement, mais les autres, les plus jeunes, ils sont collés à leurs obligations journalières et comme quatre ans et demi, ça devient vite une routine, il les comprend, rien de plus. Mais Jean, Jean... Il lui relève ses oreillers, lui donne de l'eau fraîche, lui replace les couvertures et les cheveux, et lui flatte les joues. Mais il ne lui gratte jamais le nez, c'est dommage :

– P'pa, sais-tu comment je m'appelle?

– Ouais!

– Tu peux-tu dire mon nom?

– Ouais!

– Allez, dis mon nom!

– Ar... Ar... Armand!

– Ben non, tu sais ben! Armand, c'est ton père... Moi, c'est Jean. Jean Dégarie, ton garçon, ton FILS... J'enseigne à l'école, à côté, tu te rappelles pas?

C'est comme l'autre jour, lorsque son fils est parti, quelques minutes plus tard, il a reçu la visite de son père Armand, un homme remarquable qu'il n'a tout d'abord pas reconnu et qu'il a pris pour Jean. Celui-là, par exemple, il est mort depuis 1955. Ça fait drôle de recevoir la visite de son père à la porte de la mort et de l'écouter, mine de rien, raconter sa noyade de 1955 à Percé :

«Tu sais, Hildège, lorsque je me suis aventuré au large sur une petite goélette que j'avais baptisée *Angélique* en l'honneur de ta mère, ma femme, c'était la fin d'avril et la mer avait des allures de déesse offensée. J'étais seul et même si je savais que je risquais de me confronter à ses fureurs, je me convainquais que j'en avais déjà vu d'autres, et des pires, et que je m'en étais toujours sorti avec les honneurs de la vague. J'avais peur cependant, plus qu'à l'accoutumée. Ma bonne Angélique m'avait préparé quelques galettes à la mélasse et du thé, mais elle était retournée se coucher en maugréant, nullement d'accord avec ma décision d'aller faire un tour sur la mer, question de m'amuser en giguant la morue. J'ai mis ma main dans l'eau glaciale et j'ai regardé le paysage de Percé dans la tourmente, le pic de l'Aurore telle une sentinelle en un royaume futile et la forme grotesque du rocher découpé dans un brouillard jaunâtre. Je m'étais proposé d'aller pêcher les bigorneaux à Cannes-de-Roches sitôt la belle température revenue, mais les grands vents se sont levés rapidement et je sais pas comment, pour la première fois à soixante-trois ans, je me suis retrouvé à l'eau très loin de mon bateau qui, lui, se tenait toujours fièrement debout. Je savais nager. Je me suis dit que j'aurais aucune difficulté à m'approcher de mon *Angélique* flottante, mais l'eau glacée de la mer a eu raison de mes membres. J'avais déjà entendu parler de l'hypothermie, cette baisse rapide de la température du corps. Je n'ai pu résister aux volontés de l'onde ni peut-être à la volupté de la crête d'une vague argentée qui m'a soudainement enveloppé en me rappelant l'amour d'une autre femme que j'avais connue et tellement aimée, Émilie... tu m'excuseras de te le rappeler, mais il faut que je m'explique. Je ne me suis pas débattu. Très rapidement, j'ai sombré dans l'aventure finale de ma vie, celle de ma mort, le temps de passer dans l'autre monde sans que ça fasse mal ni que ce soit si terrible, après tout. Je me retrouvais au cœur de la mer. J'ai serré très fort dans ma main l'objet-fétiche que m'avait sculpté mon père dans un bout de bois et que je portais à mon cou tel un scapulaire capable de conjurer les mauvais présages, une statuette miniature, celle de la figure de proue trônant devant la façade de l'un des entrepôts des LeBouthillier et que tout le monde, depuis le début du siècle, avait baptisé le Bouddha de Percé. Et je me suis mis à valser.»

Et puis son père est disparu, par la porte des souvenirs, comme Jean, lui promettant de revenir bien vite et de ne pas le laisser languir dans son lit.

Ce soir-là, même s'il n'y avait pas de mouches, Hildège a réussi à se gratter le nez avec sa grosse mitaine blanche.

C'est ben pour dire...

Percé
printemps 1955

Chaque année, c'est un peu l'éternelle rengaine des petites douceurs et des caprices d'un été toujours trop court lorsque s'en vont les jours de mai et qu'il va faire beau jusqu'en novembre. En Gaspésie, c'est le plus merveilleux cadeau après l'enchantement du décor.

Hildège Dégarie sent brasser les bidons de crème dans la boîte de sa camionnette. Il a attendu que son fils revienne de la messe du couronnement de la Vierge pour l'accompagner jusqu'à la beurrerie. C'est plein jour de semaine et le jeune garçon, même s'il devrait aller à l'école comme l'exige la loi, est assis dans la boîte qui sent encore la peinture fraîche. Pour les empêcher de se frapper les uns contre les autres, il tient à pleines mains quelques bidons cueillis à la volée à la barrière des dernières maisons de Knoxbridge. Sans qu'il puisse y trouver d'autres raisons, tous ces simples moments du quotidien rendent la vie d'Hildège heureuse et palpitante. Une boîte de camion fraîchement peinturée, par exemple, un paysage frileux, le frigidaire neuf qu'il va acheter à crédit à Chandler s'il a le temps au tout début de l'après-midi et le sourire de son fils Jean qu'il a bien failli perdre, lui aussi, en 1950, lorsque le feu a rayé sa fille bien-aimée, alors âgée de deux ans, du monde des vivants. Mais aujourd'hui, ça va mieux. Le fardeau semble moins lourd à porter? Le déménagement de Val-d'Espoir à Percé, la maladie de Marie-Esther, les nombreux enfants que le Ciel ne cesse de lui envoyer, les dettes, la misère en hiver le long des routes de Saint-Gabriel et le Vieux Bouc?... Tous ces événements qui le touchent de près ne l'affectent que très peu et il rit de ne plus boire et de pouvoir serrer sa trâlée d'enfants dans ses bras...

L'une de ses sœurs a quand même trouvé le moyen de s'en mêler :

– Tu trouves pas que t'exagères, Ti-Dège? Faut que t'envoyes tes enfants à l'école, tes deux plus vieux! Ils sont ben trop jeunes pour arrêter!

– C'est quasiment la fin de l'année, ils vont réussir leurs classes quand même, la maîtresse me l'a dit, à Val-d'Espoir, avant de partir. C'est pas la peine pour quelques semaines!

– Mon Dieu que tu les gâtes, tes enfants, Ti-Dège! Tu leur achètes quasiment un bicycle neuf par année! Je sais pas ce qu'ils vont faire plus tard! Tout ce que je souhaite, c'est qu'ils te donnent pas trop de misère.

Hildège aurait aimé dire à sa sœur de se mêler de ses affaires et de jeter un œil dans le fond de son propre chaudron, mais il préférait se taire et garder pour lui seul, emmaillotée dans un nuage de grande fierté, l'éducation entière de ses enfants qui, loin de se plaindre, se considéraient comme les êtres humains les plus chanceux de la terre entière. Et ils l'étaient. Hildège en avait l'assurance, malgré la dépression de Marie-Esther et les sautes d'humeur de l'aïeul.

Les routes sont encore mauvaises. Après la beurrerie, il va s'arrêter flâner à Anse-à-Beaufils et placoter un brin avec le barbier Cloutier qui est aussi propriétaire du magasin Robin, Jones & Whitman. C'est un homme généreux qui n'hésite jamais à lui faire crédit. C'est à cet endroit que les colons de la région s'approvisionnent le plus souvent. Les Cloutier ont une vague parenté avec les Dégarie de la pointe. Et pendant que Jean va se faire couper les cheveux, Hildège va en profiter pour se rendre au quai acheter une couple de morues et fouiller dans son casier au frigidaire pour ramener à la maison les quelques morceaux de viande de la fin de saison.

C'est quand même une tâche immense que celle qu'il abat depuis que sa femme est tombée malade. Au prix que le docteur Pronovost lui coûte, il pourrait bien se forcer un peu. Malgré les servantes ou encore les bons soins de Fleurette et d'Olivine, ses belles-sœurs qui travaillent à Percé dès que la belle saison se pointe le museau, Hildège se retrouve avec sept enfants sur les bras, un huitième en route peut-être... C'est terrible d'avoir fait autant d'enfants. C'est parce qu'il a souffert d'une satanée solitude dans sa jeunesse et... qu'il veut une descendance, pour la race. Mais il y a Marie-Esther. Elle a perdu le goût de vivre. Il va encore s'essouffler et, juste avant d'aller faire la malle rurale à Val-d'Espoir et à Saint-Gabriel, il va chercher une nouvelle servante... Il paraît que la fille à Odilon est une bonne travaillante. Olivine va venir passer la journée. Celle-là, Hildège a appris à l'endurer. Jamais un bon mot pour personne. Tout le contraire de Fleurette, une femme souriante qui respire la joie de vivre au grand air du matin. Et dans cette famille franco-américaine, coincée entre ses deux sœurs, il y a Marie-Esther qui, jour après jour, se meurt d'angoisse et de désespérance.

C'est vrai que c'est fou de faire autant d'enfants, mais Hildège en voudrait encore plus. Et c'est certain que ça plaît au curé et que ça grossit la race...

Si le frigidaire neuf peut redonner le goût de vivre à sa femme, il n'aura alors pas perdu son temps à regarder le bonhomme Méthot de Chandler se fendre le cul pour le lui vendre.

Les habitants de la pointe n'ont pas le temps de remarquer les paysages de Percé pour lesquels tant de touristes se déplacent chaque année. À l'occasion, à peine jettent-il un œil sur la page du calendrier de l'année 1955 où l'on a honoré le mois de juin de l'image du petit havre de pêche d'Anse-à-Beaufils. Tout le monde, sur la côte, est habitué de voir ces images incrustées dans la réalité. Quand il avait encore toute sa tête et que les nuages pelucheux se teintaient d'un gris romantique, le Nico installait son arrière petit-fils sur ses épaules et grimpait la côte malicieuse pour lui faire découvrir les splendeurs du patelin. Le rocher était paresseusement allongé derrière un voile de brouillard et, le long du chemin, les diables à courte queue folâtraient dans les greniers à foin de la péninsule.

Mais pour admirer Anse-à-Beaufils, il faut se diriger vers l'ouest, et Jean Dégarie connaît bien l'endroit. Quand le beau temps du mois de juin est là, il accompagne chaque matin son père, encore plus à l'ouest, à la beurrerie de Cap-d'Espoir. Ses bras manquent de force lorsqu'il l'aide à hisser les lourds bidons de crème dans la cabine de la camionnette. Son père est l'homme aux mille métiers. Depuis qu'il a eu cet accident le jour des noces de la maîtresse de poste et qu'il a scrapé sa petite Austin, en 1952, il n'a plus jamais porté une bouteille de bière à ses lèvres. C'est merveilleux comme la vie peut être douce, dans ce pays, lorsqu'un homme ne boit pas et que les bidons de crème sont vides.

C'est plaisant aussi de s'arrêter chez Robin Jones & Whitman à Anse-à-Beaufils. D'abord parce qu'en face les écumes de mer sont précieuses et qu'elles brillent comme des lames d'argent. C'est un phénomène naturel que le jeune garçon n'a pas besoin de comprendre, mais qui apporte la garantie qu'un soleil frileux, tellement fascinant au cœur de l'avant-midi, sera toujours le maître en ce pays. Ensuite parce que le magasin général est bourré d'objets riches de la cave au grenier et que les odeurs qui s'y trouvent assaillent le jeune garçon et lui donnent de drôles d'éternuements. Mais il y a des cercueils à vendre au grenier et ils lui font peur. On sait que tous ceux qui meurent dans le coin embarquent dans cet espèce de bateau mal fignolé qui ne prend pas l'eau mais la terre, le fond de la terre. Jean Dégarie n'a assisté qu'une seule fois à cet enfouissement du bateau, à Percé, à la mort de son grand-père. Tout le monde a versé plein de larmes dans le trou mais pas suffisamment pour permettre au bateau de flotter. C'est ce jour-là que pour faire diversion à la mort est apparu Padey, le chien fidèle. Près du magasin général, un barbier raconte des histoires. Une fois, il a regardé Jean Dégarie et l'a immédiatement apprivoisé d'un seul clin d'œil, à la vie à la mort, foi d'oie, foie de canard. Les adultes ne perdent généralement pas de temps à lancer des clins d'œil aux enfants du cap Rouge de Percé, c'est bien connu. Parce qu'ils ont la morve au nez, qu'ils disent. Mais le barbier Cloutier, lui, l'a fait. Et l'enfant s'est gonflé d'orgueil et de complicité. Comme en ce moment d'ailleurs. Il est installé sur la grosse chaise rouge et son père lui baragouine qu'il va revenir dans la minute parce qu'il doit se rendre pour une commission à l'entrepôt frigorifique. C'est une honte d'avoir les cheveux longs dans le village et le garçon se retrousse comme un grand et relève la tête. À la minute où il est à la merci des quatre volontés du barbier, des privilèges extraordinaires lui sont accordés. Il peut déchirer un peu plus la cuirette rouge du siège et agrandir le trou, jouer avec les cheveux sales qui tombent sur le tablier blanc et frissonner de délices au contact du clippeur électrique sur sa tempe. C'est certain qu'il n'aura pas l'air fou lorsqu'il reviendra à la maison. Quand son père lui coupe les cheveux, il finit toujours par avoir l'air fou. Son père lui installe un bol à soupe sur la tête et coupe tout ce qui dépasse avec un clippeur qui lui arrache les cheveux, le dessus du crâne, la peau du cou et les idées.

À travers la vitre grise et terne qui ne sera blanchie qu'au milieu de juin par une tempête de vagues salées, Jean Dégarie aperçoit une talle de pissenlits coupés du vent d'ouest par une ancienne boucanerie chaulée. Les petites merveilles se chauffent au soleil d'Anse-à-Beaufils, fleurs jaunes qu'il court vite arracher pour les offrir à sa mère malade qui va mourir parce que le docteur Pronovost l'a dit.

Extrait du journal de Lovanie Desgarris
Percé (Québec)

Galets pointus et roches plates. Le bateau s'était échoué quelque part derrière une grosse île en forme de baleine dans la mer.

Nicholas Desgarris était assommé dans la lumière du jour sur une plage qu'il croyait reconnaître. Le sable blond collait aussi à ses lèvres et les herbes folles se balançaient sous les délires du vent. La faim et la soif racontées tellement de fois dans les histoires lui faisaient mal ici, loin des siens, et d'étranges couleurs se brouillaient dans son regard. Les vagues lui retournaient la lumière complice. Il n'avait pas la force d'implorer le secours de gens de la terre.

Il n'était rien de plus que ce crabe ennemi abandonné sur un rivage.

Tellement de larmes dans ses yeux et si peu d'énergie dans son corps brûlant, tordu de douleur. Et là, tout près de lui et sans qu'il puisse les distinguer vraiment, les hautes façades des constructions de Honfleur ou de Saint-Valéry-en-Caux, et les bateaux près des quais dans l'attente du départ. Les falaises blanches de la côte d'albâtre s'étaient transformées en falaises de sang devant lesquelles s'affairaient quelques hommes qui ne le voyaient pas et qui tentaient d'appareiller avant les orages et les tempêtes.

Et cette île en forme de baleine qu'il n'avait jamais vue et qui semblait s'être transportée là comme par enchantement...

Comment avait-il pu se perdre et se rendre ainsi jusqu'à cette plage de Normandie sans couler à pic? Le voyage qu'il avait entrepris ne devait-il pas le conduire sur les côtes du Nouveau Monde comme l'avait promis le capitaine jersiais? Pour une histoire d'un jour, celle d'avoir manqué de respect à la reine d'Angleterre qui prétendait aussi être celle des îles anglo-normandes, il avait dû fuir, se cacher dans le fond d'une cale sur une goélette parce qu'il s'en trouvait pour partir, toutes voiles ouvertes contre vents et marées, vers les côtes gaspésiennes.

La traversée lui avait pourtant paru longue et difficile, et même s'il ne se souvenait plus très bien, il lui semblait qu'il était demeuré des jours et des semaines sur le Squirrel.

Squirrel... Squirrel... c'était bien ça!

Pourquoi donc cette plage de Normandie, toutes ces falaises rouges et cette île qu'il ne connaissait pas?

Chapitre III

Centre d'accueil de Tourneville
automne 1990

Un soleil de printemps s'infiltre dans la chambre et plombe directement sur le lit, mais Hildège ne sait pas qu'on est en novembre, ni que le soleil est chaud, ni que les nuages se gonfleront d'eau et que, dans quelques jours, ils déchargeront leur neige sur la région parce que le froid glacial du continent nord-américain se sera mis de la partie.

Il pourrait savoir tout cela, bien sûr, il devrait même le savoir, mais il préfère oublier. Son cerveau l'a mis en garde contre les saloperies de la vie moderne et contemporaine sur la planète Terre à seulement une décennie de l'an 2000 et c'est ainsi qu'il se protège. De toute manière, c'est à cause des froidures gaspésiennes et des caprices immondes des températures hivernales s'il en est là, si tous les malheurs ont eu raison de ses capacités, les autres malheurs, ceux qui lui sont tombés sur la tête le jour où on l'a enterré vivant en 1961 au sanatorium Ross de Gaspé, malade comme un chien, crachant le sang et quelques parcelles de ses poumons.

Au centre d'accueil de Tourneville, même s'il est immobile et que de la blancheur de ses draps émanent des odeurs déroutantes, Hildège sait que très bientôt la vie va finir par l'abandonner. En quatre ans et demi, il a fait plus que sa part. Mais comme il n'a pas la notion du temps (enfin, c'est ce que prétendent ses enfants qui s'imaginent savoir pour lui), ça peut bien faire dix ou quatorze ans, il s'en fiche un peu maintenant que son calvaire tire à sa fin. Mais encore là, ce sont ses enfants, Jean, Simone et les autres, qui s'acharnent à crier partout que leur père vit un calvaire. Lui-même n'en sait trop rien. Il n'a pas l'impression de vivre un calvaire ni rien d'autre...

Il n'a jamais sacré de sa vie, Hildège!

Une infirmière auxiliaire et un préposé aux soins des malades s'approchent et se collent le ventre sur son nez pour lui faire les habituels guili-guili. Ils pourraient bien le gratter, tant qu'à y être. Hildège sait que les snorauds vont le déshabiller et le laver partout, encore une fois, changer sa couche. Ce n'est pas véritablement cela qui l'énerve, il en a vu d'autres... c'est plutôt la séance de déshabillage devant les yeux d'une femme jeune et frétillante, toute pudique et nerveuse. Il n'aime pas qu'une femme le regarde lorsqu'il est nu. Il n'aime pas du tout. Qu'un homme le regarde non plus. Depuis qu'il est haut comme trois patates rouges, Hildège Dégarie de Knoxbridge en Gaspésie ne peut supporter le regard des autres sur ses parties intimes. Il a toujours été scrupuleux, c'est son droit le plus fondamental, la «scrupuloserie». Ce n'est pas une maladie, au contraire. Mais quand il était haut comme trois patates rouges bourrées d'yeux vifs capables de pleurer, sa mère, la sainte Angélique, sautait sur toutes les occasions de nudité pour camoufler les «intimités» de ses enfants aux regards des visiteurs. Ils avaient beau n'avoir que deux ans, les enfants Dégarie n'étaient jamais vus nus. Du plus vieux au plus jeune, ils étaient habillés jusqu'aux yeux, automne, hiver, printemps, été... le temps de la baignade comme celui de la communion.

Mais sur son lit du centre d'accueil, quand les préposés aux soins des malades et des vieillards le lavent, ce qui est encore plus terrible, c'est lorsqu'il ne peut se retenir. Alors là, il ferme les yeux et se revoit haut comme trois patates rouges sur le bord de la cuve, à trois ans, la fois où sa mère l'a lavé et qu'il s'est échappé... Il se souvient de la maudite mornifle qu'il a reçue (elle lui brûle encore les fesses). Comment pouvait-il savoir, à trois ans? Et comment peuvent-ils savoir, les préposés, l'humiliation qu'il ressent lorsqu'une telle situation se produit? Comment se fait-il qu'un homme, de qui on dit qu'il n'a plus toute sa lucidité, puisse encore avoir honte?

Trop de questions pour Hildège Dégarie, qui préfère oublier et ne rien savoir de ce qui se passe à l'étage du bas. Au fond, ce qui est important, c'est que sa pudeur soit préservée aux yeux de ses enfants, Jean, Simone et les autres, qui, eux, ne le changent jamais de couche. Ce serait bien la plus terrible des choses qui pourrait lui arriver.

S'il fallait qu'il soit vu nu par ses enfants! Il ne lui resterait plus qu'à mourir de honte.

Qu'à mourir...

Percé
printemps 1955

Tous les jours, beau temps mauvais temps, il y a la malle rurale. Même si les chemins sont épouvantables dans les rangs où la fonte des neiges a laissé des dégâts terribles, Hildège n'a d'autres choix que de sillonner la pointe et l'arrière-pays, et de livrer les lettres et les gros catalogues d'été des grands magasins de Montréal. Il s'embourbe et se prend dans les rigoles (ou les ruisseaux) qui sillonnent les routes dans les coulées. Il perd des heures à pelleter quand la terre rouge a trop vite dégelé par en-dessous et que les bancs de neige se sont amusés à dégringoler des buttons sur lesquels ils sont écœurés de rire du soleil. Il ne peut jamais se permettre de sauter une journée. Les commères sont suspendues à leurs cordes à linge et, sitôt l'heure arrivée, elles jaspinent et rouspètent en se promettant de faire un rapport à la première occasion à la maîtresse de poste de

Val-d'Espoir. Elles sont rarement contentes. Si les lettres n'arrivent pas, elles lèvent les bras au ciel en accusant le postillon de les avoir égarées. Elles critiquent tout, le coût des c.o.d. et des bons de poste, la laideur des timbres et la fadeur des petits journaux.

Mais elles aiment les colis et les lots de cartes de Noël qu'elles reçoivent abondamment de partout. En ce qui concerne les colis, elles les déchirent et y fouillent comme des rats dans des dépotoirs. Mais il n'y a jamais rien de bon. Elles commandent pour la curiosité qui est gratuite. La combinaison à grandes manches est trop juste, le chandail est affreusement laid, et la jupe, c'est de la guenille. Elles ont le privilège de retourner les hardes qu'elles n'aiment pas, souvent après les avoir portées à la messe du dimanche. Quant aux cartes de Noël, elles les accrochent aux cordes à linge qu'elles étalent à l'intérieur d'une fenêtre à l'autre ou en tapissent les murs après en avoir bourré le gros sapin ouaté de Noël.

La vieille Émilie marche sur la grève, une chaudière remplie d'agates et de pierres d'eau qu'elle ira polir sur sa galerie au soleil de Knoxbridge. Elle accompagne Jean qu'elle tient par la main, les pieds à fleur de vagues, et qui se pavane fièrement avec la coupe de cheveux moderne «du vrai barbier de la vraie barbeshope». Hildège a l'habitude, lorsqu'il entreprend sa ronne, d'aller reconduire Émilie chez elle. Elle demeure à quelques maisons tout près des Lafontaine où il doit arrêter de toute manière avant de se rendre à Chandler.

Au début, Émilie fait toujours semblant de ne pas vouloir monter dans le véhicule, que ce soit la camionnette en été ou le snowmobile en hiver. Mais Hildège réussit toujours à la convaincre. Et elle aime bien la compagnie de ce bel homme qui lui rappelle Armand, son père, celui qu'elle a tant aimé.

C'est peut-être justement ce qui rend mal à l'aise les deux personnes à bord du véhicule moteur sur la route, le long de la mer, de Cap-Rouge à Anse-à-Beaufils. Cette idylle entre son père, Armand Dégarie, et cette dame toute pleine de vie, si distinguée, Émilie Ranger, coureuse des grèves et amante des épilobes et des herbes sauvages, cette aventure sans lendemain qui a rendu malheureuse et rouge de honte sa mère Angélique...

Et maintenant que son père est mort noyé dans la mer et qu'il perçoit la peine que ressent la vieille Émilie, il aimerait en savoir plus, la connaître davantage, parler de cette histoire d'amour impossible en un coin de pays où les lois de l'Église ont toujours eu raison des sentiments.

Mais Émilie préfère se taire ou parler des oiseaux qui arrivent à plein ciel en direction de l'île Bonaventure. Ces oiseaux qui se perchent sur les entrepôts des Fruing et des LeBouthillier en leur manquant de respect comme ils manquent aussi de respect à la figure de proue accrochée à la devanture d'un vieil entrepôt, tout en face du rocher, cette immense statue défraîchie que la rumeur et les sorcelleries ont bien vite baptisée «Bouddha de Percé».

Jean Dégarie, les cheveux rasés, se rend sur la grève d'Anse-à-Beaufils où son père, comme c'est son habitude, viendra le rejoindre. Il va s'accrocher à la queue de chemise d'Émilie Ranger, une vieille dame amoureuse des sables, et avec elle ramasser des pierres d'eau et des agates. Il va chercher aussi une vieille bouteille de bière comme il en traîne tellement sur les plages de la côte. Il n'a pas osé en demander une au barbier. Il sait qu'elles sont pleines de boisson et que ça pourrait donner des idées à son père.

Parce que les pissenlits fanent tellement vite, il va mettre les fleurs dans l'eau salée de la mer.

Lorsque son père apparaîtra sur la butte près de l'entrepôt frigorifique, il ira se coller contre sa jambe et lui demander son allumette éteinte. Il croquera dans le soufre brûlé et l'avalera lentement parce que c'est salé comme les harengs que sa mère fait bouillir avec des patates et des navots.

Jean Dégarie n'aime pas le hareng frais que les Gaspésiens font cuire si souvent. Il y a tellement de petites arêtes à l'intérieur qu'il a peur de mourir étouffé. Mais depuis qu'il sait que la dépression nerveuse va faire mourir sa mère, il a moins peur des arêtes.

Il n'aime pas non plus les têtes de morue que ses tantes Olivine et Fleurette, lorsqu'elles s'amènent en visite, s'acharnent à vouloir lui faire avaler. Elles appellent ça de la «quiôde» et ne cessent de glousser et de dire qu'il n'y a rien de meilleur au monde. Elles en ont fait une spécialité qu'elles servent aux clients pansus de l'hôtel Biard où elles travaillent toutes les deux. Et lorsqu'elles ont le bonheur d'elles-mêmes y goûter, elles tètent les os des crânes dégoulinants avec des sapements qui écœurent petit Jean et lui donnent envie de vomir. C'est gluant et toujours trop salé, et le liquide épais qui leur coule sur le menton va jusqu'à se faufiler et tacher leur buste. Quelquefois, flottant tristement à la surface de cette bouillabaisse des pauvres, un œil de morue, comme l'œil de Dieu, vient lui rappeler les péchés de Caïn. Car des péchés, Jean Dégarie en commet tous les jours. Il le sait, le curé lui en a remis une liste complète depuis les manquements à ses devoirs d'enfant catholique jusqu'aux attouchements suspects sous les couvertures. C'est pourquoi il déteste croquer dans un œil de morue et avaler le liquide blanchâtre de la «quiôde». Ça lui rappelle le cousin Philippe lorsqu'il est revenu de l'armée et qu'il a couché avec lui.

Les poches remplies de pierres d'eau et de quelques agates, il accompagnera son père le long du rang 2, à Knoxbridge, chez les Lafontaine, là où il pourra s'amuser avec une merveilleuse petite fille aux yeux bleus et aux cheveux bouclés.

Et là aussi où le hareng est meilleur parce qu'il est boucané. Jean Dégarie adore le hareng boucané. On dirait que ces poissons bourrés d'arêtes se transforment pour devenir des poissons dorés et que les arêtes disparaissent alors comme par enchantement. C'est une histoire qui vient du cap Rouge et c'est vrai. Tout le monde le dit. Son Vieux Bouc lui a raconté la légende. Si les harengs boucanés se couvrent d'or et que leurs arêtes disparaissent, c'est à cause du magicien, le Bouddha de Percé. Tout ce qui est merveilleux sur la pointe est dû à ce génie des côtes.

Tiens, par exemple, si son Vieux Bouc a survécu au naufrage de la goélette le *Squirrel* quand il avait dix-huit ans, c'est grâce au Bouddha de Percé.

Béni soit le Bouddha de Percé!

Sa mère lui dit de ne pas l'invoquer ainsi, que seuls les protestants de la côte le font. C'est d'ailleurs pour cette raison qu'une fois (Jean venait de faire son signe de croix en face d'une église méthodiste) elle l'a giflé et lui a dit que c'était de sa faute et de celle de sa sœur Simone et des autres enfants de la famille si elle était malade.

C'est facile à voir qu'elle fait une dépression nerveuse et qu'elle va mourir.

Maudit soit le Bouddha de Percé!

Extrait du journal de Lovanie Desgarris
Percé (Québec)

Il avait beau vouloir s'accrocher aux rayons du soleil comme à ceux de la lune, sa randonnée le portait sans cesse aux portes des hallucinations et il n'arrivait plus à distinguer le réel de l'irréel ni rien d'autre. Les moutonnements des vagues se confondaient avec ceux des cumulus qui vagabondaient à la verticale pour finir par se bousculer sous ses pieds.

La fièvre s'était emparée de ses sens et plus il se rapprochait des falaises, plus elles se voulaient hideuses, ennemies, hargneuses et sanguinaires. Le vent sifflait et les tempêtes lui transperçaient les os.

Personne sur cette plage, jamais personne. Les côtes de Normandie étaient pourtant si achalandées. Fécamp, Deauville, Cherbourg...

«Oh! combien de marins, combien de capitaines...
Qui sont partis joyeux pour des courses lointaines,
Dans ce morne horizon se sont évanouis!»

Était-il du nombre de ces fidèles marins perdus dans les célèbres vers écrits par Victor Hugo, son ami de Hauteville House, une nuit de tempête à Saint-Valéry-en-Caux? De très loin et dans sa marche le long du littoral, accrochant au passage d'énormes carcasses de homards pourrissant sur le sable, il gémissait dans ses souvenirs. Le Squirrel *s'était échoué non loin des côtes de son enfance, celles de Saint-Pierre-au-Bois à Guernesey. Il n'allait jamais connaître ces terres gaspésiennes promises par le capitaine jersiais. Et pourtant, quelquefois rouges, quelquefois blanches, les falaises de cette côte méconnaissable le narguaient jusqu'au plus profond de son délire.*

«Je te sais nulle part, Victor, compagnon généreux sur une île tourmentée, dans ton capharnaüm de légendes. Les jours où je venais t'apporter mon aide lorsque tu sentais la nécessité de nourrir les gueux et les infortunés à même les richesses de ta table. N'as-tu pas pressenti mon désarroi et peut-être écrit ces vers pour le pauvre hère que je suis devenu sur ces côtes bourrées d'embûches?»

Chapitre IV

Centre d'accueil de Tourneville
automne 1990

Depuis un certain temps, les autorités du centre d'accueil ne cessent d'interrompre ses réflexions. Il se passe sûrement quelque chose d'inhabituel. Les gens ne sont pas eux-mêmes. C'est louche. La mort ne doit pas être loin. Les préposés mâles et femelles le flattent tout partout. On lui a fourni un matelas flambant neuf bourré de pointes roses (quelque chose de sensuel qui ressemble à une boîte d'œufs virée à l'envers). Parce qu'on le poudre et le bichonne des pieds à la tête, il ressemble à un bonbon : «Monsieur Dégarie par-ci, mon cher Hildège par-là»... Véritable comédie de boulevard, la situation l'exaspère et lui déplaît, mais il doit se taire, car il ne peut riposter. Son handicap l'empêche de mettre les bons mots aux bons endroits dans une phrase. Sitôt qu'il ouvre la bouche, c'est pour baragouiner des conneries; c'est frustrant, embêtant... Il préfère se taire ou siffloter des airs d'autrefois pendant que son compagnon de chambre continue de chialer et d'exiger que cinq bananes (pas une de moins) soient alignées sur sa commode.

Son fils Jean vient toujours le visiter aussi souvent. Il lui apporte des chocolats à la menthe et lui montre d'anciennes photos qu'il pourrait facilement reconnaître si on lui glissait ses lunettes sur le bout du nez. Tout le monde, dans la famille, sait très bien qu'Hildège ne voit rien s'il n'a pas ses lunettes. On dirait que tout un chacun croit que la supposée tumeur au cerveau lui a miraculeusement redonné sa vue de jeunesse et personne ne pense jamais à ses lunettes qui dorment dans le fond du tiroir tout à côté de son dentier.

Tiens! malgré que ce soit flou, il reconnaît les personnages sur sa photo de noces, Marie-Esther à son bras, son beau-père Théophile et son père Armand, Armand...

... Armand Dégarie qui s'approche de lui et lui glisse ses lunettes sur le bout du nez :

– Ça va, Ti-Dège? Ils te font pas trop la vie dure d'après ce que je peux voir! Ils t'ont pomponné comme une catin de Noël. T'es drôle à mourir... Tu sais pourquoi ils sont si gentils pis remplis d'attention pour toi? C'est parce qu'ils vont te prendre cinquante piasses de plus par mois sur ton chèque de pension de vieillesse! Un vrai vol, si tu veux mon opinion franche et précise d'âme du purgatoire!

– Salut, p'pa! Heureux de te revoir!

– Moi aussi, tu sais...

... Armand Dégarie qui s'assoit sur son lit pour lui raconter la suite du récit de cette noyade à Percé en 1955 :

«C'était peut-être un événement banal pour les gazettes des grandes villes, mais laisse-moi te dire que c'est tout à fait terrible quand ça se produit à quelques milles seulement du coin de pays qui vous a vu naître.

Tu te souviens du reste, y a pas de doute, mais j'aime le raconter quand même! C'est la maîtresse d'école du village de Bridgeville qui a retrouvé mon corps sur la grève de Barachois, quelques jours plus tard, un corps bleu, énorme, déjà méconnaissable, gonflé d'orgueil durant toute une vie et gonflé d'eau pour les caprices de la mort, un ventre bourré de carcasses vivantes de homard, un peu comme celui de Flandrin à Gounne de la légende «entre la chair et l'os»... si bien racontée par Sylvain Rivière.

La pauvre fille, une petite Vibert de Coin-du-Banc, avait l'habitude, un peu comme Émilie, de courir les grèves une fois les tempêtes du printemps apaisées. Elle s'est mise à hurler et à se rouler dans le sable lorsqu'elle m'a aperçu, des trous noirs à la place des yeux, le ventre ouvert et putrescent où grouillaient, se mélangeant à des intestins noirs, de grands crustacés aux pinces aiguisées.

Des gens sont venus, Télesphore Langlois ainsi que le vieux capitaine Boulanger des mers du sud, plein de curieux de Percé et de Cannes-de-Roches... le curé Belzile m'a même donné l'extrême-onction par-delà la mort à grands coups de goupillons et d'hypocrisie.

Je n'aurai pas survécu à mon père, le Vieux Bouc, un homme de cent deux ans. Je me demande bien comment vous vous êtes arrangés avec lui quand je suis passé de vie à trépas. Angélique avait pas les capacités de s'en occuper et Rémi...? Je te remercie, Ti-Dège, de l'avoir pris avec toi! C'était pas un homme facile...

Comme tu le sais, ils m'ont enterré tout de suite, avec quelques prières, et j'ai vu ton garçon, Jean, mon petit-fils, l'un de ceux qui ait véritablement posé un geste teinté d'humanité, se pencher sur le trou comme pour me tendre la main.

Comme tu le sais aussi, à cause de l'odeur et de l'état avancé de décomposition, on a cru préférable de ne pas rentrer mon corps dans l'église. On a chanté mon service avec une fausse tombe recouverte du drap noir et jaune des cérémonies de circonstance et tout le monde est bien sagement retourné chez lui, à petits pas, Angélique soutenue par toi, mon plus vieux, de même que par tous les autres membres de ma famille, de vagues cousins guernesiais...

Émilie Ranger est restée de longues minutes dans son banc, tapie derrière une colonne de l'église. Je l'ai vue comme quelques autres qui l'ont peut-être pas véritablement remarquée... Elle a longtemps égrené son chapelet avant de s'enfuir sur la grève et de prendre le vent de face pour sécher ses larmes de femme tellement belle.»

Percé
printemps 1955

Hildège tourne au vent de Chandler comme une girouette sur le clocher de la vieille église qu'on s'apprête à démolir à Val-d'Espoir pour en reconstruire une neuve. À peine a-t-il le temps de faire quelques achats en vitesse et de passer négocier un emprunt à la banque. Les jours s'envolent à la vitesse des goélands meurtris, des macareux, des guillemots, les heures...

C'est à cause du bonheur retrouvé.

Les affaires de l'église le tenaillent. Il s'occupe trop de cette paroisse chérie qu'il n'habite plus depuis la mort de son père et qui pourtant lui serre les tripes. Toutes les organisations du village ont si souvent été modelées par ses mains expertes... Il ne peut se désister. Il va encore passer des heures à courir et à ramasser des cadeaux, des toutous en peluche, des lampes, quelques appareils ménagers, des bibelots, etc. Il va acheter un certain nombre de bouteilles de bière qu'il va emballer individuellement dans des boîtes à surprises et les enchères vont grimper à l'encan du bazar. Hildège va revenir encore et sillonner le comté, quêter le sourire aux lèvres et le sifflet joyeux, passer en vitesse à la Commission des liqueurs acheter le gros gallon de vin rouge Saint-Georges qui va remettre Marie-Esther sur pied. Elle va chialer et bouder, c'est assuré, de son cap Rouge qu'elle n'aime déjà pas, la pauvre, à cause du gallon de Saint-Georges, des noirs souvenirs hantant sa mémoire, des nuits désespérantes et de l'angoisse maudite...

Et Hildège va renouveler sa promesse de faire plaisir aux siens, car il a vaincu la passion de la bouteille, la rage, le vice pervers, cet alcoolisme dépravant. Victoire! Il crie victoire! La honte a foutu le camp à tout jamais. «Qui a bu ne boira plus!» Lacordaire, tempérant, Hildège... Il ne peut supporter les hommes ivres qui insistent pour monter dans sa camionnette. Il les embarque en vitesse et s'en débarrasse en les précipitant dans le canal une fois à destination. Il les déteste tous, ces hommes qui font souffrir leurs proches, femmes, enfants, pères et mères... Ce n'est pas son cas, il va se battre et persévérer. C'est tellement plus facile qu'il ne le croyait. Trois ans déjà, trois courageuses années qui ont filé comme un train au soleil sur des rails dorés... Victoire!

Oh! non. Le gallon de Saint-Georges, c'est pour la guérison de Marie-Esther. Le docteur Pronovost ne fait rien pour elle. Il boit, en plus. Et se bourre de médicaments. Hildège va la soigner lui-même, sa femme, promesse de Lacordaire, et elle va retrouver le goût de vivre, et des couleurs vermeilles vont revenir sur ses joues. C'est depuis qu'il ne boit plus qu'elle est malade, allongée sur un grand lit, et ne veut jamais voir personne. C'est bizarre. Avant, elle était forte... Maintenant, les servantes se succèdent à un rythme effréné, les enfants sont terribles, gâtés... mais heureux, il les sent heureux.

Avant d'aller faire la malle à Saint-Gabriel-de-Gaspé, il va arrêter chez Bourget Électrique acheter la télévision Westinghouse dernier cri qui va trôner tel un majestueux bibelot dans le salon pour des années encore. Un meuble chic sur lequel personne ne laissera la poussière coller. Les ondes chôment toujours en ce coin de pays et se frappent sur la muraille depuis Anse-du-Nord jusqu'au pic de l'Aurore sans jamais atteindre leur but. Rien à faire, c'est peine perdue, les ondes gravitent autour du grand Montréal et ne vont guère plus loin. Quelques relais les acheminent vers des villes d'importance du Québec... mais jamais jusqu'en Gaspésie.

Hildège va leur acheter des tricycles, aux garçons, et du tissu fleuri aux filles, du tissu qu'il va remettre à sa mère, Angélique, à qui il va demander de confectionner des robes magnifiques. Comme toujours, la pionnière en or de l'époque de la colonisation va trouver le moyen de satisfaire son fils, et ses doigts de fée vont se mettre à l'œuvre. Hildège va acheter une poupée aussi, des casse-tête... même si ce n'est pas Noël. Les Dégarie vont devenir les millionnaires de Cap-Rouge.

Comme la girouette de Val-d'Espoir ou de Percé passe le plus clair de son temps à s'étourdir et à tourbillonner en pleine campagne le nez au vent des médisances et des calomnies du village, Hildège, pour l'amour du saint ciel, ne peut s'arrêter...

«Prends ton souffle, esprit, tu vas te brûler... et eux, ils vont te démolir. Ils crèvent de jalousie, tous, parce que tu sais rendre ta famille heureuse et que tes enfants sont accrochés à ta salopette d'homme vaillant, somnambule la nuit pour changer les couches des petits... Arrête, si ça de l'allure... Tu vas mourir debout les bronches essoufflées, le toupet aux autres vents!»

Il vole et s'envole au volant de sa camionnette jusqu'à se transformer en pitoyable vagabond des légendes qui court à toute vitesse sur des rails dorés devant un train qui va passer dans la soirée livrer la malle des gens de Percé.

D'habitude, chez les Lafontaine, les champs sont remplis de vaches et de drôles de petites fleurs jaunes. Tante Olivine dit que c'est de la camomille et que les bourgeois de Percé en servent aux touristes lorsqu'ils en demandent. Une sorte de tisane, à ce qu'il paraît. Une fois les fleurs séchées puis ébouillantées dans la théière, le liquide devient jaune comme de la pisse de vache. Pas surprenant, la camomille pousse le long des poulaillers et les vaches pissent dessus lorsqu'elles s'en approchent.

À la fin du printemps, à Knoxbridge, même si ce n'est pas encore le temps des drôles de petites fleurs jaunes et qu'un peu de neige perdure dans les sous-bois, c'est toujours plaisant. Parce que Jean Dégarie a l'impression, quand il a la chance d'y passer quelques heures, de vivre sur un haut plateau et de dominer la mer. Et il n'y a rien au monde qui ne lui soit aussi agréable que de voir les hommes du village s'affairer à réparer les agrès de pêche et les cages à homards. Il aime aussi les accompagner dans la boucanerie où la vie, la fumée grise et les placotages s'animent autour des harengs frais. Jean a le privilège d'être le seul enfant du voisinage à pouvoir ouvrir les poissons et les nettoyer. Il a bien sûr une cache secrète dans la boucanerie, sous une petite trappe qu'il a fini par patenter à chacune de ses visites. C'est là qu'il camoufle ses trésors, les pierres d'eau et les agates qu'il rapporte de la plage. Personne n'est au courant, pas même son colley Padey qui le suit souvent, mais qui n'a jamais le droit de le suivre dans la boucanerie. Jean Dégarie aime les chiens et il en a deux. Son colley blanc et brun, et un autre tout petit de couleur beige qui s'appelle Baba, un drôle de mélange, quelque chose comme un chien mal branché ou connecté à l'envers. Parce qu'il pivote sur lui-même comme une toupie folle, tante Fleurette prétend que Baba est directement sorti d'une prise de courant et que ça lui donne l'allure d'une vadrouille. Mais Baba est peureux et ne va jamais plus loin que la barrière du chemin.

Jean aime bien les Lafontaine aussi, ces cousins du «trois au trois» ou de la fesse gauche, comme le lui rappelait si souvent son arrière-grand-père lorsqu'il était en présence de toutes ses facultés. C'est là que demeure le cousin Philippe qui, un de ces quatre matins, a déserté l'armée pour revenir se pavaner dans le décor avec ses culottes kaki un peu trop voyantes et ses grosses bottines luisantes comme des miroirs. Il lui fait peur avec son regard d'animal fauve échappé d'un zoo et ses gestes bizarres qui l'embarrassent lorsqu'il se colle contre sa cuisse. On dirait que le cousin Philippe, quand il est là, prend un malin plaisir à passer sa grosse main de jeune adulte fatigant dans la chevelure de Jean. Il en a d'ailleurs déjà glissé un mot à sa mère qui n'a pas répondu, mais qui s'est vite renfermée dans sa chambre pour se rouler en boule dans le lit de sa dépression nerveuse.

Heureusement, la charmante petite fille aux yeux bleus et aux cheveux bouclés qui n'est pas encore là ne va pas tarder. Encore quelques semaines sur la même page du calendrier. Comme à chaque année, elle va venir à la fin des classes, autour du 24 juin, en provenance de Saint-Julien-de-Bellevue, un petit village de l'arrière-pays perdu quelque part dans la vallée de la Matapédia. Elle va descendre à la gare de Percé et, comme c'est la coutume depuis déjà plusieurs années, Jean va accompagner son père au train. Il l'accompagne d'ailleurs presque toujours. Avant son père, c'était son grand-père Armand qui allait chercher la malle au train... jusqu'au jour où il s'est tragiquement noyé en mer lors d'une excursion de pêche.

Son grand-père Armand, son père Hildège et lui, Jean Dégarie, tous les fiers descendants de celui qu'on surnomme encore, au cap Rouge, le pion du roy, le guernesiais Nicholas Desgarris de Saint-Pierre-au-Bois.

Extrait du journal de Lovanie Desgarris
Percé (Québec)

Le délire valsait langoureusement sur les flots tumultueux d'une mer agitée toute pleine de moutons d'écume, une mer bousculée par des vents d'est trop violents qui balayaient la pluie et la mêlaient aux sueurs fiévreuses du vagabond des grèves. De larges coupures aux pieds laissaient s'écouler un peu de ce sang guernesiais qui, en s'échappant du corps fiévreux de Nicholas, se répandait sur les galets.

Et c'est le sel marin qui se chargeait de le soulager et de transformer ses douleurs en petites parcelles d'un premier véritable bien-être depuis qu'il avait sombré avec le bateau. Il avait toujours cette envie de vomir qui s'était enracinée dans son système digestif le jour de l'embarquement à Saint-Hélier et qui trop souvent prenait des allures d'appétit vorace. Il se serait contenté de mordre sans les avaler dans des poissons morts ou pourris et de les cracher par la suite, mais la férocité des vagues les avait déchiquetés et à peine réussissait-il à fouiller ici et là comme un chien solitaire à la recherche de carapaces de crabes vides, d'abord séchées par le soleil puis lavées par la pluie.

Il lui semblait bien que ce n'était pas possible et que les côtes et les falaises qu'un brin d'énergie lui permettait soudainement de voir nettement découpées devant lui avaient quelque chose à la fois de palpable et d'exotique. Il n'était pas sur son continent mais bien ailleurs et il se rappelait que la traversée avait duré des siècles et qu'à maintes reprises, il en était certain, des montagnes lointaines qu'il n'avait jamais vues, telles des silhouettes invitantes, s'étaient dessinées dans le brouillard.

Il heurta un tronc d'arbre, quelque chose de dur sur lequel son tibia vint cogner, une masse de bois charroyée jusque-là par la mer, un espèce de totem tout plein de couleurs si adroitement sculpté par les mains de la légende.

Nicholas Desgarris se coucha sur la chose merveilleuse et se mit à la caresser puis à la frotter délicatement comme s'il avait voulu voir apparaître le génie protecteur de ses songes et lui demander de le sauver et de le ramener chez lui, sur la petite plage parsemée de roches noires de Saint-Pierre-au-Bois, à l'extrémité ouest de l'île de Guernesey.

Et le génie protecteur des jeunes marins perdus s'approcha du jeune homme et lui souffla à l'oreille qu'il était là à veiller sur lui comme il l'avait fait durant les longues semaines qu'avait durées la traversée de l'Atlantique.

Le merveilleux totem tout plein de couleurs si adroitement sculpté par les mains de la légende était couché sur le côté et c'est lorsque Nicholas le tourna sur le dos qu'il put se rendre compte que l'objet charrié par la fureur des vagues n'était rien d'autre que la figure de proue du majestueux Squirrel qui s'était échoué là-bas, de l'autre côté des nuages sombres, derrière l'île encore inconnue qui avait la forme d'une gigantesque baleine.

Chapitre V

Centre d'accueil de Tourneville
automne 1990

Tel un fier chérubin des ténèbres, son père est reparti comme il est venu à dos de cheval arc-en-ciel, tout au bout des gestes, ses dernières paroles mâchouillées dans un brouillard épais, puis charcutées soudainement par les longs couteaux de la folie, ses dires court-circuités par une maladie du cerveau qu'aucun spécialiste ne sait reconnaître tant elle est l'ombre d'elle-même. La gravure collée au mur de sa chambre lui est restée sur le cœur. Elle montre une plage de Percé, juste en face du rocher, aménagée par les hommes et leurs bétonnières pour le regard et les rires gras des pansus du Sud. Le rocher, c'est aussi le bouddha qui veille sur la mer. Un jour, il va s'écrouler de chagrin et personne ne lèvera même le petit doigt pour le consoler. Mais la gravure ne montre pas la figure de proue qui a sauvé son grand-père d'une mort atroce il y a longtemps, ce Vieux Bouc centenaire qu'il a gardé chez lui durant de longues années avant qu'il n'aille rejoindre les siens par-delà la mort.

Au centre d'accueil Le Réconfort tout près de la rivière de Tourneville non loin du pénitencier fédéral, Hildège Dégarie n'a rien d'autre à faire que de regarder les bebelles et les objets accrochés au babillard de sa chambre. À travers ses longs cils blancs, il voit des cœurs, des dessins et des photos d'enfants qu'il ne saura jamais démêler. Mais c'est encore sa photo de noces qu'il préfère. Sa femme le dévisage, Marie-Esther, beaucoup trop jeune pour sa vieille carcasse puante dans un beau lit blanc. Lui, sur la photo, il aurait plus de trente ans que ça ne le surprendrait pas. Et il y a Théophile, son beau-père, et son père Armand, naturellement, celui qui n'a pas pris la peine d'attendre que ses idées reviennent pour lui faire la suite du récit et qui est reparti à dos de cheval en peluche.

C'est terriblement réel et lucide dans sa tête, tous ces souvenirs d'un seul coup, ceux auxquels il voudrait échapper, ceux du début des années 60 lorsqu'il est retourné s'établir à Val-d'Espoir après sa longue maladie, ceux qui lui ont chaviré les esprits, qui ont ressuscité l'horrible passion, qui lui ont fourré dans les veines des goûts d'alcool, qui lui ont fourré la tête dans le bac à alcool, ceux qui l'ont soûlé, assommé puis abandonné, honteux et pervers, après la longue maladie au sanatorium... Tous ces spectres qui l'ont laissé croupir sur la dernière marche d'un escalier branlant, qui ont écrasé d'un seul coup de pouce ses efforts et ses lourds sacrifices avant d'anéantir son bonheur d'homme du cap Rouge, père d'une famille de huit enfants, qui ont balayé ses désirs, ses projets, qui l'ont fait redevenir monstre comme au début, comme si jamais ces dix années de tempérance n'avaient existé, comme si tous ceux qui jusque-là avaient veillé sur lui avaient soudainement et d'un commun accord décidé de l'abandonner.

C'est lorsque le Vieux Bouc est mort, Nicholas Desgarris, à l'âge de cent dix ans, que tout s'est écroulé. Avant, ça roulait presque comme sur des roulettes. Marie-Esther avait réussi à retrouver ses couleurs et sa forme. Une autre petite fille était née en 1958, la huitième de la famille. Les petits verres de Saint-Georges qu'il avait fait avaler à sa femme l'avaient remise sur le piton et elle avait retrouvé son sourire et ses éternelles bouderies au coin du poêle.

C'est après que les roulettes se sont bloquées.

Et elles sont restées bloquées.

Ce visage qui le regarde, ce n'est plus celui de sa jeune femme à vingt ans sur la photo, c'est maintenant Marie-Esther qu'il distingue devant lui, près de son lit, en chair et en beauté comme au temps des lilas en Gaspésie... Celle-là, il saura toujours la reconnaître parce qu'elle fait partie de son existence et qu'elle s'est infiltrée sous sa peau le jour où elle lui a dit oui au pied de l'autel devant le curé de Val-d'Espoir. Il ne devrait pas avoir honte d'être là, presque nu, infirme et vieux devant l'ange de sa vie. Son ultime moyen d'expression, ce sont des larmes qui viennent mouiller ses yeux... ses yeux qui cherchent à démêler les souvenirs qui se confondent et tentent malheureusement de prendre encore toute la place. Mais son cerveau malade ne l'est plus. Il ne l'a peut-être jamais été. Armand n'est probablement pas mort. Il vient le visiter régulièrement parce que le Bouddha de Percé a soudainement décidé de suspendre le temps et d'arrêter le tic-tac de son cœur. Il va demander pardon à sa femme et lui serrer la main... à cette femme qui lui sourit quand même, après tous ces souvenirs, qu'il n'a pas vue depuis des jours, des siècles et des mondes d'ennuyance... Cette femme qui s'est glissée jusqu'à lui sur la ligne du temps.

Il ne faudrait pas qu'elle reparte à dos de cheval en peluche sur l'arc-en-ciel là-bas...

Percé
printemps 1955

Hildège a le contrôle de sa vie. C'est mieux que d'être ivre à longueur de journée. En fait, ce qu'il vit maintenant, c'est l'ivresse dans tout le sens et la plénitude du mot. Sa camionnette roule vite le long des côtes. Elle franchit des distances courtes que les touristes trouvent pourtant si longues et enfourche les *crossings* maudites, les plus meurtrières dans la région. Il a plus que jamais envie de hurler son bonheur aux nuages et au brouillard lorsqu'il se lève sur la mer au petit matin. Il a déjà oublié la bouteille, c'est extraordinaire. S'il se soûle à l'occasion, c'est à même la nature, la forêt et la mer... Les jouissances de sa passion, il les trouve dans une foule d'activités quotidiennes qui ne cessent de l'étourdir et de l'emballer. Et en ce qui concerne Marie-Esther, s'il le faut, il va lui glisser un entonnoir entre les lèvres et lui faire avaler lentement et à petites gouttes le merveilleux tonique alcoolisé qu'il vient d'acheter. Elle va faire une crise en voyant la bouteille, c'est certain, mais il va réussir, il en a l'assurance, et bientôt faire un pied-de-nez au docteur Pronovost. Depuis qu'il a pris la décision de ne plus jamais toucher à une bouteille et qu'il a mis à la porte les semeurs de trouble dans sa vie, les bourreaux de son malheur, il voltige au vent du large en remplissant les mille et une tâches que son nouveau régime de vie lui impose.

Tout le métier roule avec lui, sa camionnette qui se transforme comme elle veut et lorsque la situation l'exige : corbillard, transport d'écoliers, camion de livraison de bidons de crème ou encore tout simplement véhicule identifié au service du postillon de sa majesté Élisabeth II de l'aurore jusqu'à la nuit tombée... Chauffeur de taxi en camionnette l'été, et en *snowmobile* l'hiver, pour tout le monde du coin, à des tarifs ridicules. Les sapins, les quelques rares traces de neige de la Montée, Cap-d'Espoir, le clocher d'une église historique, le docteur Pronovost, le docteur Pouliot, Gertrude «central-longue distance», la beurrerie, le moulin à Georges Sheehan, le petit havre de pêche d'Anse-à-Beaufils, les Vagues Vertes où il aimait arrêter boire autrefois, la boutique d'agates, les vigneaux, tous ces lieux de son enfance à lui, sa sainte enfance accrochée aux jupes de ma mère Angélique et aux odeurs de son pain frais et de galettes à la mélasse.

Pour se rendre à Knoxbridge où l'attend son fils Jean, il faut passer tout près de la gare de Percé qui, en fait, se trouve située à Anse-à-Beaufils. Il y a une gare aussi à Cap-d'Espoir. Hildège arrête quelques minutes chez ses cousins et hume les harengs qui boucanent. Son fils n'est pas dans les entourages. Tout le monde le cherche toujours dans des cachettes impossibles. C'est lorsque son chien Padey se décide à japper que le jeune escogriffe a l'obligation de sortir de ses lieux secrets.

Dans quelques semaines, il faudra aller à la gare où la charmante petite fille aux yeux bleus et aux cheveux bouclés en provenance de Saint-Julien-de-Bellevue va les attendre, une valise à la main, pour venir passer ses vacances d'été chez les Lafontaine de Knoxbridge.

Il n'y a que le cousin Philippe qui sait où se trouve Jean. S'il n'est pas sous la petite trappe dans la cache secrète de la boucanerie, il saura bien le trouver derrière le hangar où dorment les moissonneuses et les batteuses avant le grand réveil tardif du printemps gaspésien.

Mais ça peut prendre du temps aujourd'hui, Hildège n'est pas pressé. C'est d'ailleurs ici, sur la terre à côté, qu'il a vu le jour durant la Première Guerre mondiale. Les Lafontaine s'approchent de lui et s'informent un peu :

– Tu te torches pas avec de la peau de morue, mon gars... Viens voir ça par icitte toé, Jasmine, la grosse télévision que Ti-Dège a acheté là pour sa famille... Viens voir ça par icitte toé, calvenard de calvenard... Tu viens-tu fou? Tu vas te ruiner! Ça marche-ti, au moins?

– Pas encore dans le boutte, mais ça va venir. Y vont installer un relais sur le mont Sainte-Anne betôt. Ça fait qu'on va être dans les premiers au cap Rouge à avoir la télévision...

– Maudit ti-Dège à marde! Depuis que tu bois pus... Oh! Excuse-moé, ça m'a échappé...

– Y a pas de soin, ça me fait plaisir que le monde le souligne, voyez-vous! C'est mon orgueil, si on veut! Ben sûr que ça roule mieux depuis que j'ai lâché c'te satanée bouteille du maudit, les cousins. Tout le monde s'en porte mieux, à part ma Marie-Esther qui remonte pas vite de sa dépression. Mais je vas y voir, craignez pas...

– T'étais pas parti t'acheter un poêle à l'huile itou?

– Ben oui, je l'ai commandé. Y vont le recevoir dans une semaine. Pis même si j'ai acheté un meuble de télévision, ça m'empêchera pas d'aller chercher le poêle à l'huile que j'ai acheté avec le reste.

– Calvenard! Que tu roules gros, mon ti-Dège!

D'aucuns ont prétendu que le Vieux Bouc avait toute une richesse et que parce qu'il le gardait, c'était son petit-fils Hildège, comme de bien entendu, qui en bénéficiait largement. D'autres savaient très bien que le ti-Dège en question, tenant les ficelles de mille et un métiers, ne pouvait faire autrement, en ces années fastes de l'après-guerre, et cela même en Gaspésie, que d'empocher... Mais seule Marie-Esther savait très bien que son mari grattait les fonds de tiroirs en tordant les bas de laine. À ce stade précis de leur vie commune, son homme s'endettait plus que de raison.

Rien pour la ramener.

Et c'est tout essoufflé, les jambes aux fesses et poursuivi par son chien Padey que Jean Dégarie s'est approché de la camionnette et qu'il s'est allongé de tout son long au milieu des toutous en peluche quêtés ici et là au profit du bazar de Val-d'Espoir.

Pendant de longues et émouvantes minutes, son cousin Philippe Lafontaine et lui sont restés suspendus à leur surprise, les yeux grands comme des 78-tours devant l'apparition miraculeuse d'une télévision Westinghouse flambant neuve.

Un meuble merveilleux comme encore très peu de Gaspésiens peuvent se vanter d'en posséder, une boîte à images flambant neuve... Jean Dégarie n'en croit pas ses yeux ni le souffle chaud du cousin Philippe Lafontaine dans son cou.

Un souffle de bœuf en chaleur dans une crèche de Noël.

Ils sont allongés tous les deux au milieu des toutous en peluche quêtés au profit du bazar de Val-d'Espoir. Quelques minutes plus tôt, derrière le hangar où dorment les moissonneuses et les batteuses avant le grand réveil tardif du printemps gaspésien, ils avaient entendu les cris des cousins et des oncles comme ceux des voisins de Knoxbridge, les appelant à venir admirer le meuble riche... Un lourd silence derrière le hangar dont le mur donnant vers l'ouest était inondé de soleil. La folle expérience prenait des allures démentes et Jean Dégarie tentait désespérément de se libérer de l'emprise de son cousin Philippe et des attouchements vicieux qu'il distribuait partout sur son ventre et sur ses fesses, ailleurs aussi, l'invitant à empoigner son membre gros et poilu et à le caresser longuement, langoureusement...

Un souffle de bœuf en chaleur derrière un hangar boiteux.

Pourquoi le soleil était-il si doux, si chaud? Pourquoi ses rayons réussissaient-ils à l'atteindre jusqu'au plus profond de son âme? Pourquoi était-il le cousin du sombre Philippe Lafontaine? Tous les jeunes garçons du monde avaient-ils un cousin germain aussi diabolique que Philippe Lafontaine? Pourquoi était-il né au bout du monde dans la froidure d'un mois de février gaspésien entouré de montagnes noires face à l'océan des incertitudes et des doutes?

Jean Dégarie eut envie de faire dans sa culotte comme à l'école lorsqu'il était en première année. Difficile de résister... Philippe se tordit en grimaçant à ses côtés, et un liquide blanchâtre s'échappa de son organe et se répandit sur son poignet, un liquide chaud qui ressemblait à ce qui mijotait si souvent dans le chaudron de tante Olivine et qu'on appelait de la «quiôde» tant c'était dégoûtant.

Les cris des oncles, des cousins et des voisins de Knoxbridge auraient pu venir plus tôt et le tirer de cette situation traumatisante. On aurait dit que tous les cris lancés par les gens du pays venaient toujours trop tard, ceux des pêcheurs qui se noyaient en mer lorsque se déchaînaient les tempêtes du mois d'août, ceux des pauvres qui n'avaient rien à se mettre sous la dent sinon quelques morues mal séchées ou pourries sur des vigneaux de mauvaise fortune, ceux des femmes violées et maltraitées dans les coins reculés des petits havres perdus derrière de lourdes falaises, ceux des habitants et des maîtres de graves exploités par les firmes jersiaises ou guernesiaises, ceux des Micmacs repoussés vers l'arrière-pays, le long des coulées de la petite Irlande et des ruisseaux trop vite secs en été, ceux de l'Indien qui ne regardait jamais la mer, de Blanche de Beaumont de la légende du rocher Percé et des «fantômes des morutiers barbus, habillés de peaux de moutons, chaussés de bottes grossières et coiffés d'un bonnet en laine sur la grève des deux anses».

Jean Dégarie flatte le meuble à images. Autour de lui, personne ne parle, tout le monde respecte la minute de silence que l'émerveillement et la magie des temps modernes leur imposent à tous, du plus petit au plus grand. Jusqu'au chien Padey qui a cessé de se branler la queue et qui admire presque sans comprendre...

L'écran vert-de-gris reflète les ombres noires des toutous malheureux qu'on va bien vite faire «rafler» au bazar de Val-d'Espoir. Philippe s'est glissé hors de la camionnette et Padey a pris sa place. Il lèche le poignet de son jeune maître.

Tous ceux qui sont autour de la camionnette et qui admirent aussi la télévision Westinghouse dernier cri achetée par un papa terriblement gâteau ne peuvent comprendre l'interrogation muette du jeune enfant allongé dans la boîte de la camionnette, un garçon de huit ans qui déjà cache un mystère à la nature en refoulant en lui un secret mortel qui pourrait bien le jeter en enfer pour toujours, mais dont il ne dira mot à personne, ni aux prêtres séculiers ni aux capucins de passage, ni même à l'évêque de Gaspé s'il lui prenait l'envie de venir installer son gros cul derrière la grille d'un confessionnal puant l'incompréhension et la bêtise humaine.

Il paraît que les capucins de passage profitent de leurs séjours en régions éloignées pour faire ce que fait Philippe Lafontaine derrière les hangars de Knoxbridge. Mais eux, les capucins, ils se cachent dans les confessionnaux.

Extrait du journal de Lovanie Desgarris
Percé (Québec)

Il se réveilla dans la nuit. Une main moite flattait ses cheveux. Il entendait le roucoulement d'une rivière et un mince filet de lune frappa tout à coup sa paupière gauche. Il rouvrit les yeux. Une douleur vive lui tortura la jambe, à la hauteur de la cheville. La main s'immobilisa sur son front fiévreux.

Nicholas Desgarris perdit connaissance et ne revint à la vie que plusieurs jours plus tard, alors qu'une lumière éblouissante s'infiltrait dans la petite hutte et que le chantonnement de la rivière était toujours là. Une vieille dame qui devait avoir mille ans s'approcha de sa couche. Elle entortilla sa cheville dans une grande toile tissée, une sorte de cataplasme fait avec des tranches de patates et de navets.

L'homme allongé sur une paillasse de branches de pin de la hutte chercha longuement dans les traits de cette dame douce ceux d'une vieille Bretonne de Pimpol ou de Trégastel, des traits qu'il distinguait mal tant la douleur était vive. Il prenait conscience de l'état cataleptique dans lequel le temps l'avait figé, celui de la démesure et de l'irréel... Tout semblait s'être arrêté depuis qu'il était monté à bord du Squirrel aux portes de Saint-Hélier.

La femme le berçait doucement avec des chantonnements qui remplaçaient ceux de la rivière quand des vents forts se risquaient à s'attaquer à la péninsule. L'homme blessé avait maintenant retrouvé sa lucidité, et des profils guernesiais directement tirés de sa mémoire se dessinaient et se mêlaient aux ombres projetées sur les parois de la hutte par un soleil pénétrant.

La vieille dame s'absenta quelques minutes. Nicholas essaya de se lever. La douleur était pénétrante, tout se mit à tourner autour de lui, les casseroles et les poupées, quelques objets bizarres, et sur une toile étirée à l'entrée de la hutte, une foule de hiéroglyphes mystérieux prirent l'allure de la sagesse et de la soudaine connaissance du pays. Rien ne ressemblait à ce qu'il avait déjà connu le long des côtes françaises. Une odeur de menthe lui frôla les narines et une dame s'approcha par derrière. Elle souleva sa tête de marin perdu et porta à ses lèvres un gobelet rempli de liquide fumant, une tisane de menthe cueillie à l'aube des souvenirs.

Nicholas ne put l'apercevoir qu'une fraction de rayon de soleil, fraction suffisante pour basculer dans le regard de la femme, une femme belle comme jamais encore il ne lui avait été donné d'en apercevoir sous l'ardente couronne du soleil.

Chapitre VI

En lui, ce n'est pas un rêve et, penchée au-dessus de son visage, maintenant, elle tient sa main tout près de ses cheveux encore tout noirs. Les paroles de Marie-Esther effleurent ses oreilles, mais ne parviennent pas à rejoindre l'intérieur de ses souvenirs. Lorsqu'il ouvre les yeux et que ses cils se mettent à battre au rythme de la vieille pendule de Knoxbridge, il se délecte de cette femme qu'il a chérie durant une grande partie de sa vie et qu'il a guérie avec du vin rouge trop sucré pour son goût à lui, un goût d'alcoolique impénitent... Il sait bien que c'est elle. Il peut la regarder sans que des larmes ne viennent brouiller son regard. Le sourire de Marie-Esther ressemble à celui de la femme de la photographie, un sourire nettoyé de sa bouderie, un tantinet fébrile, celui qui masque sans se compromettre la douce inquiétude d'une situation qu'il faudra bien finir par éclaircir.

C'est pour ça qu'il ne meurt pas, Hildège Dégarie. Pour se réconcilier avec les siens, ses enfants, Jean, Simone, les plus jeunes, et Marie-Esther aussi.

Marie-Esther surtout.

Il ne lui dira rien de ses souffrances. Il ne lui dira rien du tout, rien du terrible mal de tête qui le tenaille depuis quelques jours, depuis que la pluie se mêle à la neige et que l'ennuyance a pris racine dans sa chambre.

Elle est là en chair et en os qui lui tient la chair et l'os qu'est maintenant devenue sa main droite. Comme pour une grande circonstance, on lui a enlevé la mitaine sale qui pue le fromage et avec laquelle il se gratte le nez sans se blesser.

Des cloches sonnent au loin, celles de l'église de Tourneville juste en face, comme celles de Val-d'Espoir ou de Percé, comme celles des longues journées de labeur dans les champs lorsque les vaches n'en finissaient plus de revenir du ruisseau, comme celles des si beaux souvenirs de sa vie de jeune homme plein de courage traînant partout où il avait le bonheur d'aller une ribambelle de beaux enfants dodus et rieurs, des enfants de qui tout le village était jaloux tant ils puaient le bonheur de vivre et la plénitude.

Jean est peut-être aussi à ses côtés, il ne le reconnaît pas. Hildège est trop démuni pour le reconnaître. Trop malade aussi. Il en a assez de ces maux de tête qui ne veulent plus le quitter et dont personne ne semble soupçonner l'existence. Sur son front, une main chaude à l'occasion, une débarbouillette mouillée, le baiser d'un enfant frileux...

Son regard ne peut maintenant plus refuser de se perdre dans celui d'une femme dont il a vécu séparé depuis des siècles, de trop douloureux siècles.

Dans sa torpeur d'homme en équilibre instable sur la corde raide de son existence, il lui semble qu'il a payé bien cher toutes ces années de trop fortes passions, ces nuits de soûleries et de plaisirs capricieux, à Cap-Rouge, tout au bord de la mer, des précipices, des gouffres de l'angoisse et de la désespérance...

Jour après jour, au centre d'accueil, il lui semble que les indulgences plénières qu'il a accumulées tout au long d'une vie de forte dévotion ne lui rapportent rien, ici, au bout de sa vie. Et s'il y a quelque chose après la mort, une quelconque vie ou même comme on le lui a enseigné dans le petit Catéchisme un ciel bourré de nuages, eh bien... il voudrait qu'il soit rempli d'enfants et de rires moqueurs, de pique-niques champêtres près des ruisseaux du rang 6 de Val-d'Espoir. Il voudrait que ce soit la fête des fêtes et des chansons, de «Regina Caeli» et des «J'irai la voir un jour, Marie», comme c'était autrefois, à Val-d'Espoir d'abord et à Cap-Rouge ensuite, avant le mois de mai, le long du lyrelou, cet interminable mois qui n'en finit plus d'essuyer ses pieds dans le vestibule du printemps en Gaspésie.

Comme c'était avant la bière, le gin, le vin rouge, la bagosse, la bière à bibitte, l'alcool à 40, à 94... Le rhum, le gin, encore le gin, les pilules du sanatorium, les montagnes de pilules, des rouges, des vertes, des rouges encore... Le Saint-Georges, la O'Keefe, la Molson, la 50...

Merci, Marie-Esther, de m'avoir pardonné!

Percé
printemps 1955

Il arrive à la maison et siffle des airs moqueurs, fier des appareils ménagers qu'il a achetés et dont quelques-uns vont lui être livrés plus tard. Son sourire est radieux. Les enfants trépignent autour du meuble de télévision, impatients et fous comme le chien Baba qui court après sa queue sans savoir pourquoi. En passant par Forceville tout près de Val-d'Espoir, il a demandé à la jeune Jasmine Bernier de l'accompagner au cap Rouge. Il lui a promis des bons gages pour le barda de tous les jours. Une initiative spontanée à laquelle sont maintenant habituées les jeunes demoiselles des alentours. Hildège Dégarie paye bien ses filles à gages et, de plus, il ne cherche pas à les peloter dans les coins comme d'autres se plaisent si cavalièrement à le faire sitôt la jeune victime à portée de la main... C'est son orgueil de Dégarie qui le pousse à agir, celui de faire le bien pour le bien sans rien demander à personne.

Le Vieux Bouc est assis dans sa berçante, l'œil tourné vers le large, perdu dans la monotonie de ses pensées centenaires.

Marie-Esther est invisible, cachée comme d'habitude derrière le poêle ou quelque part dans le fond d'une chambre à faire semblant de repriser. Elle connaît les dettes de son homme, des coussins farcis de dettes à n'en plus finir, des montagnes de factures secrètes qu'elle ne voit jamais, mais qu'il va falloir payer un jour.

C'est bien pour ça qu'elle boude. Elle n'est pas capable de composer avec la bonne humeur de son mari, cette sorte d'illusion qui lui tape sur les nerfs, cette forme d'inconscience gravée dans son quotidien depuis qu'il a troqué la maudite bouteille contre une série de bonnes actions. On dirait que c'est pire. Elle ne peut supporter les sifflotements de son joyeux luron de mari. Elle voudrait bien sortir de son trou et courir au-devant de lui, l'embrasser sur la bouche et le remercier pour le frigidaire, le poêle à l'huile, les bicyclettes neuves, le meuble de télévision...

C'est impossible.

Heureusement, il y a la fille à gages.

Hildège Dégarie a toujours su contrer les humeurs boudeuses de sa femme en lui payant une fille à gages extraordinaire, l'une de ces jeunes travailleuses des villages voisins, pauvres à mourir, préférant les travaux rémunérés des mieux nantis de la côte à ceux désespérants d'une famille ployant sous le poids de la misère. Souvent, les jeunes demoiselles engagées ainsi retrouvaient une sorte de joie de vivre et une certaine estime chez des gens du village qui savaient les respecter et les apprécier à leur juste valeur.

Le Vieux Bouc, Nicholas Desgarris, s'approche du meuble de télévision et se met à le frapper à grands coups de pied :

– Suppôt de Satan, engeance maudite... la fin du monde que je vous dis, la fin du monde...

Les enfants se ruent sur le vieillard :

– Aïe, pépère, arrêtez! P'pa, p'pa, pépère va débâtir la télévision, vite, fais quequ'chose!

– Voyons, le père, calmez-vous! Venez vous assire, allez! Venez sur la galerie...

– Engeance maudite, suppôt de Satan, mon garçon, que je te dis... La fin du monde, la fin du monde... Crois-en ton grand-père... Tout ça, c'est pas correct!

– Allons don'! Calmez-vous. Y a pas de danger, c'est ce qu'on appelle une télévision. Là-dessus, betôt, on va voir plein de belles images pis des films, pépère, vous allez voir, vous allez pus jamais vous ennuyer. V'nez, v'nez sur la galerie, on va regarder l'île Bonaventure...

Les enfants grimpent sur le meuble. Marie-Esther a retrouvé une parcelle de sa bonne humeur. Elle explique à Jasmine Bernier le travail à faire, les choses à placer, le lavage, le ménage. La jeune fille s'ennuie déjà de sa famille. Marie-Esther sait que celle-là, elle ne va pas rester longtemps, qu'il faudra en trouver une autre, une douzième; puis une treizième, et une quatorzième... Elle a le pif pour les deviner. Et elle sait que Jasmine ne voudra pas rester plus de deux jours...

Marie-Esther flatte son ventre. Un autre enfant, son huitième. Elle n'ose encore apprendre la nouvelle à Hildège, il va en profiter pour se ruer au magasin et lui acheter un prélart neuf, des chaises de cuisine, des lampes, un *set* de salon...

Dix bouches à nourrir. Onze, avec celle du vieux. Douze, si on compte la fille à gages.

Une bien grosse responsabilité. Marie-Esther pense aux siens, à tous ceux qui sont partis pour la ville, ses parents, ses frères... Il lui reste bien ses deux sœurs, Fleurette et Olivine, mais elles parlent de quitter elles aussi la Gaspésie, après l'été, lorsque les touristes seront retournés dans leurs «states»... Marie-Esther s'ennuie elle aussi. Elle voudrait revoir sa mère et son père, ces dignes pionniers du village de Val-d'Espoir; elle voudrait bien aller les visiter, peut-être habiter là-bas, en ville, en banlieue de Montréal, avec ses sept enfants, bientôt huit... faire comme les autres qui ont tout vendu pour connaître le bonheur du modernisme, des bruits de klaxons, des roulements de voitures...

Après tout, le meuble de télévision, un frigidaire neuf, le poêle à l'huile, un peu moins d'ennuyance, le rapprochement avec les siens de la ville.

Marie-Esther branche l'appareil.

Les enfants sont muets. On dirait que leur mère a magiquement retrouvé son sourire du dimanche.

Aucune image, rien... sinon de la neige en masse.

Hildège s'acharne à tortiller l'antenne de télévision sur le toit de la maison, casse-tête métallique qu'il a passé des heures à assembler. Perché comme il est sur le bout d'une corniche, il va trébucher et tomber, c'est certain. Les enfants se sont installés sur le plancher du salon, la morve au nez, un cornet de «crèmaglace» dans la main. Ils sont braqués devant l'appareil depuis le petit matin. C'est un jour bourré de saveurs nouvelles et d'émotions vives et sucrées. Jour de juin gorgé d'un soleil rieur qui fait fondre la «crèmaglace» sur les culottes courtes et les robes à froufrou pourtant fraîchement repassées. Marie-Esther est encore malade au lit, la broue dans le toupet à cause de la dépression nerveuse. Ça ne fait rien, il va y avoir un nouveau bébé aux environs de la Toussaint. C'est le plaisir immédiat de tous les jeunes enfants du cap Rouge qui vole la vedette au quotidien. Ils ont tous été invités par Jean Dégarie lui-même à se rassembler autour de la grande joie qui va se traîner sur le prélart et se faufiler dans les cœurs. Cette grande joie d'accueillir une fois pour toutes, non pas la sainte Hostie comme à tous les dimanches, mais la face claire et nette du Sauvage à la télévision.

Quand on sait qu'à Montréal, il y a déjà une couple d'années, les Plouffe ont fait péter de bonheur les citadins qui ont plus que jamais l'invraisemblable chance de connaître l'image avec un grand I, cette belle image parlante qui n'a rien à voir avec celles que remettent les sœurs à l'école de Val-d'Espoir ou le curé à travers les brumes de l'encensoir.

Mais Hildège est toujours sur le toit qui tente désespérément de faire apparaître l'image avec un grand I. Il fait son possible, Hildège. Il voudrait bien leur montrer ces belles images que les tantes Fleurette et Olivine disent avoir vues à Montréal l'été d'avant... Enfin, des semblables. Simone essaie de retenir dans la chambre le Vieux Bouc qui ne cesse de faire des grimaces devant l'appareil. Padey se frôle sur son Ti-Jean qui se plaît à rêvasser :

– Vous savez où se situe Montréal avec un grand M sur la carte, mon enfant? demande malicieusement sœur Marie de la Foi. Répondez, et vous aurez une belle image!

– Oui, ma sœur. Montréal... c'est la grande ville où ma tante Fleurette pis ma tante Olivine sont allées l'année passée...

– Je sais, mon garçon, vous l'avez souvent dit. Mais ça ne me la situe pas sur la carte!

– Montréal... c'est la grande ville qui est loin loin loin de Rimouski!

– Bravo, mon enfant!

Même si la télévision griche et qu'elle tape sur les nerfs de la dépression de Marie-Esther, la tête de Sauvage n'apparaît pas. Aucune image, rien.

– Hi! que j'ai hâte d'y apercevoir la bine, au Sauvage!

– Si c'est lui qui apporte les bébés en-dessous des choux, on va ben finir par le voir...

– Arrête donc de dire des affaires de même... Hi! que t'es niaiseuse, Simone. Tu sais ben que les bébés, c'est le docteur Pronovost qui les apporte dans une valise!

– Ça'a ben de l'air qu'y va venir à la Toussaint!

Hildège a beau s'orienter vers l'est et crocher l'antenne en direction du relais de Percé, la tempête continue de faire rage à l'écran, une tempête qui dure depuis que l'appareil trône, majestueux et muet, au milieu du salon, une tempête dans laquelle se mélangent des ombres folles quelquefois fascinantes.

Puis soudain, à la veille de sombrer dans le découragement et de retourner faire des acrobaties dans la tasserie de la grange, une image se forme, floue mais généreuse, la tempête se calme... un grichement qui n'en est plus un... Marie-Esther vient de se lever, Baba a cessé de japper et tous les enfants sont immobiles, scrupuleusement silencieux. Même le Vieux Bouc, Nicholas Desgarris, dans l'univers secret de ses cent deux ans, retient son souffle. Philippe Lafontaine vient de rentrer sans se faire remarquer de qui que ce soit. La vieille horloge du grand-père Armand décline ses tic-tac avec une ardeur démesurée... C'est l'instant de vérité, le seul à des milliers de milles de Montréal, de Rimouski et même de Kamouraska... Plus rien n'importe véritablement que la minute présente, celle où les yeux sont ouverts comme des vingt-cinq cents scintillants, celle où les cous sont allongés pour toucher la lune, celle ou la «crèmaglace» dégouline sournoisement sur le prélart du salon.

Une sœur casse-cou se montre la binette à l'écran. Ce n'est pas le Sauvage tant attendu, c'est une sœur en chair et en scintillements comme celle qui enseigne à Val-d'Espoir et qui distribue des images à l'occasion.

Jean Dégarie saute par la fenêtre en hurlant :

– Arrête, p'pa, arrête, touches-y pus! On a l'image, 'est belle... Grouille pus, grouille pus!

Comme si son père avait pu rester figé pour le reste de l'éternité, accroché à son antenne d'aluminium.

Hildège n'a pas bougé, l'antenne ne s'est pas décrochée, mais l'image a disparu pour ne réapparaître qu'à l'occasion, l'espace de quelques soupirs langoureux de Marie-Esther et d'une douzaine de grimaces du Vieux Bouc.

Extrait du journal de Lovanie Desgarris
Percé (Québec)

Il passait de longues heures à méditer et à se demander ce qu'enfin il faisait sur ce continent neuf.

Les Micmacs qui l'avaient accueilli et soigné l'avaient accompagnés le long de la rivière jusqu'au bord de la mer. Mais la femme extraordinaire à la longue chevelure noire et ondulée qui avait pansé ses blessures alors que les plus terribles cauchemars le secouaient, cette femme démesurément belle n'était jamais revenue. Elle était disparue avec ses derniers songes et il avait alors vainement tenté de communiquer avec le chef de la tribu afin d'en connaître davantage sur cette déesse indienne. Comme ils ne parlaient pas la même langue, les gestes alors ne suffisaient pas à révéler toute l'immensité des sentiments qui s'échappaient de son cœur. Elle n'était apparue que l'espace d'un matin, dans un songe de pureté, «la plus belle créature jamais passée sous la couronne du soleil». Elle portait un bandeau et sa robe était d'un rouge écarlate tacheté de passion et de quelques étoiles noires.

Tous ces décors fabuleux qu'il avait entrevus à travers les fièvres de son délire n'étaient pas ceux qu'il espérait. Il se savait maintenant très loin de tous ces gens qui l'avaient accusé sur son île de Guernesey, un coin de terre peuplé d'une quarantaine de milliers de personnes, l'île aux mille vaches, comme on se plaisait à la surnommer, et que le Seigneur avait malencontreusement échappée dans la Manche avec quelques autres, Sark, Jersey...

Les scènes merveilleuses qui avaient embrouillé son regard s'étaient confondues les unes avec les autres. Les petites installations portuaires d'Anse-à-Beaufils avaient pris l'allure des édifices majestueux de Honfleur, sur la côte normande. Les caps rouges et quelquefois blancs du littoral de Percé s'étaient superposés aux falaises de Saint-Valéry-en-Caux. L'île en forme de baleine étrangement surgie des profondeurs de l'onde s'appelait l'île Bonaventure et se voulait le sanctuaire d'oiseaux migrateurs fantastiques. Et maintenant qu'il avait le pied solidement posé sur le cap Barré près du colossal rocher Percé qui se trouvait devant lui, il prenait conscience de sa juste part d'existence sur cette terre. Ce bloc de calcaire immense, œuvre d'art amoureusement sculptée par la nature et les fureurs de la mer, n'avait rien à voir avec les rochers d'Etretat, en Normandie, qui pourtant étaient eux aussi des splendeurs uniques en Europe.

Les cris des goélands argentés vinrent rappeler au jeune pion du roy qu'il avait échappé à la pendaison sur une île où on l'avait brusquement arrêté et où on l'avait solennellement accusé d'avoir manqué de respect à la reine en refusant de la saluer. Oh! certes, pareil délit n'était pas suffisamment grave pour être soumis à la peine de mort et il n'était d'ailleurs pas le seul à l'avoir commis. Un autre homme avait déjà fait comme lui. Un homme fort et célèbre qui n'avait pas voulu se découvrir lors du passage de la reine quelques années auparavant. Cet homme était d'ailleurs un épris de justice et n'avait pas hésité à écrire à Lord Palmerston pour prendre la défense d'un certain Tapner qu'on avait condamné à mort à Guernesey, alors qu'à Jersey plusieurs assassins avaient été graciés suite à une série de pétitions des habitants de l'île.

Non, la situation avait plutôt dégénéré lorsque, dans sa hâte de prendre la fuite, le jeune Nicholas avait bousculé le conseiller spécial du bailli de l'île qui s'était tout bêtement tué en se frappant la tête sur une pierre pointue tout près des hangars sur la plage de Saint-Pierre-au-Bois.

Et c'est à cet homme fort et célèbre de Guernesey, à qui il avait déjà rendu service et qui avait un jour communiqué avec Lord Palmerston à propos de certaines injustices flagrantes, que le jeune pion du roy avait demandé refuge.

Et c'est ce même homme qui, la nuit venue, avait demandé à un capitaine ami de St. Peter Port d'aller reconduire Nicholas jusqu'à Saint-Hélier, sur l'île de Jersey, où il lui avait recommandé de s'embarquer avec empressement sur l'un des derniers navires de pêche en direction du Nouveau Monde.

Cet homme était Victor Hugo.

Chapitre VII

Centre d'accueil de Tourneville
automne 1990

«M'as-tu véritablement pardonné, Marie-Esther, après toutes ces années. Il aura fallu que le destin s'acharne sur mes capacités, qu'il les atrophie jusqu'à les voir misérablement disparaître après deux ans de maladie au sanatorium de Gaspé. Les enfants grandissaient sans que je m'en aperçoive et Dieu! que je les aimais, les enfants. Heureusement, il y avait Jean qui venait me visiter tous les dimanches. Lui qui s'ennuyait au séminaire pour mourir, il venait me bégayer quelques phrases dans un latin qu'il semblait comprendre un peu et, à chaque fois, je ressentais la vive douleur du lointain souvenir, celui des chants grégoriens que je toussais aux messes du dimanche et dont je n'arrivais jamais à comprendre le moindre mot. Tout ce qui est en latin se vit toujours pleinement le dimanche.

Je n'aurais jamais dû sortir de cette prison pour tuberculeux. Il aurait fallu que j'y reste enfermé jusqu'à ce jour d'aujourd'hui où je te sens près de moi comme tu ne l'as jamais été, Marie-Esther. Mon regard fixe tes mains et, dans ton monde à toi, tu voudrais peut-être que je t'adresse quelques mots pour te réconforter. Il faudrait, pour te faire plaisir, que mes lèvres se mettent à jargonner des sons plaintifs et que je te demande si tu as encore dans le cœur le terrible ressentiment qui t'habitait lorsque, après quelques années de vie infernale en ville, tu m'as demandé de quitter définitivement la maison.

C'est durant ces quinze interminables années d'alcoolisme et d'enfer que j'ai coulé à pic, jusqu'au plus profond du malheur sur terre. Je n'aurais jamais pensé vivre un tel cauchemar. Il me semblait que la vie, qui avait d'abord été dure envers moi, allait d'une façon soudaine insuffler généreusement dans mon âme les bouffées de bonheur qu'il m'avait rarement été donné de connaître. Il me semblait aussi que j'avais réussi à créer ce doux vertige durant mes années d'abstinence, à Val-d'Espoir comme à Percé, ces années où je tenais à bout de bras une famille rieuse, ces années où ta maladie, Marie-Esther, rongeait petit à petit le charme de notre vie gaspésienne. Mais ce n'était, je crois, qu'une lourde illusion. Je n'avais certes pas tous les torts, mais rien ne justifiera jamais ces années de misère dans lesquelles je vous ai plongés, mes enfants et toi. C'est pourquoi aussi je rends grâce au ciel de m'avoir cloué au lit voilà maintenant plus de quatre ans.

Tu me regardes et je te regarde aussi. Ce sera le dernier regard que nous échangerons sur cette terre. Dans quelques minutes, tous les vilains souvenirs de ces quinze années galoperont une dernière fois dans ma mémoire et lorsque tu auras laissé ma main et que tes lèvres auront effleuré mon front fiévreux, je saurai que tu m'auras délivré du mal...

Délivrez-nous du mal... Paroles que j'ai maintes fois prononcées dans ma vie et qui n'ont jamais eu le sens qu'elles prendront lorsque tu auras quitté ma chambre.

Tu n'es plus là, mais ils défilent, les souvenirs. Ils se bousculeront jusqu'à la porte de la mort. J'entends les infirmières se précipiter à mon chevet, prendre mon pouls et relever les oreillers sous mon dos... Elles ne font déjà plus partie du décor. Je suis au plus mal dans un corps qui s'acharne à ne pas vouloir me quitter et souvenez-vous, chers enfants, que vous avez signé pour moi les soins de confort, rien de plus. Vous avez brillamment voulu alléger mes souffrances et vous avez fait le bon choix.

Dans à peine quelques secondes, je revivrai ces années de douleur profonde causée par mes frasques d'alcoolique. Comme Marie-Esther, vous comprendrez à votre tour, toi Jean, et toi aussi Simone, et vous tous, les plus jeunes... Ces années, je les revivrai pour vous. Je me lèverai de mon lit du sanatorium de Gaspé et je ferai ma valise dans laquelle j'aurai glissé des bouteilles remplies de pilules de toutes les couleurs. Dans un petit coin de cette valise, sous quelques cravates fleuries, j'aurai caché une bouteille de gros gin, ce sera la dernière que je boirai car ici, dans cette prison pour tuberculeux, je m'en confesse... j'ai recommencé à boire, après douze ans d'abstinence, rappelez-vous, douze ans... À cause de la maladie maudite, de l'incapacité prolongée, de l'orgueil bafoué et de la déchéance sur terre. Je la boirai sur le train, le long des cinquante milles de la gare de Gaspé à celle de Percé, je la boirai d'un trait en regardant défiler le paysage et je vous promets que, lorsque je serai de retour à la maison et que je reprendrai les rênes de la famille, je n'avalerai plus jamais une goutte.

C'est la dernière que je boirai, parce que je serai heureux de quitter cet enfer de tousseux et de mourants, je vivrai au soleil de Cap-Rouge et je vous apprendrai la bonne nouvelle, celle qui vous réjouira le cœur et les espérances, je la crierai aux nuages de Douglastown, de Saint-Georges, de Barachois et du Coin du Banc, juste avant d'arriver... Nous quitterons la maison grise de Cap-Rouge et nous retournerons vivre dans celle de Val-d'Espoir, celle qui a toujours fait rêver votre mère, cette grande maison dans laquelle le soleil entre par la fenêtre du petit matin, une maison gigantesque cachée sous les grands peupliers bourrés de chagrin.»

Percé
printemps 1955

Oh! oui, de la neige en masse à la télévision, comme il en traîne tellement dans les champs à l'embouchure du mois d'avril. Mais ça se passe de commentaires en Gaspésie parce qu'il existe un treizième mois peu connu des gens de la ville et qui impose sa présence quelque part à la fin de l'hiver ou, mieux, au tout début du véritable printemps. Piqué de chats noirs mouillés et d'échelles branlantes, de poissons salés et d'épinettes frileuses, il n'en finit plus de se gonfler d'orgueil et de mots d'esprit. Bourré de flaques argentées et de monticules enneigés, c'est un mois de bonheur et de malheur, de chance ou de désagrément, d'ennui et de calme. Quelques semaines supplémentaires que l'on ne trouve nulle part sur aucun calendrier ni dans quelque agenda que ce soit. Il se veut dérèglement, dérangement, déraison. Il insiste pour ne pas fondre. C'est un mange-mitaines, un épeure-corneilles, un croque-moustiques. C'est le petit mois numéro treize qu'on appelle bien à regret, dans le coin, lyrelou.

Mais, en ce dimanche particulier de la Fête-Dieu, les vigneaux sont parsemés de morues dont les fortes effluves attirent les mouches collantes d'un jour de juin torride. Pour se protéger du soleil, le Vieux Bouc a noué les quatre coins d'un mouchoir rouge à pois blancs et se l'est installé sur le crâne. Il est immobile dans la balançoire près des vigneaux, comme changé en statue de sel de mer. Une odeur de quiôde flotte dans l'air salin et se mélange aux cris des cormorans déchaînés. Marie-Esther est nerveuse. À la toute dernière minute, le curé Belzile a voulu que l'honneur retombe sur les membres de la famille Dégarie et a choisi leur petite galerie pour y installer le reposoir de la Fête-Dieu. Dans des hardes de circonstance, tous les catholiques pratiquants et même quelques curieux protestants de Percé vont venir parader jusqu'au cap Rouge. Marie-Esther a passé la semaine à se tortiller devant sa machine à coudre parce que Simone et trois autres petites filles du coin ont été choisies pour se déguiser en anges. Qu'est-ce qui se passe cette année? Est-ce parce que son mari se garroche aux quatre vents pour faire plaisir à la fois au curé de Percé et à celui de Val-d'Espoir en meublant leurs bingos respectifs de cadeaux multiples et de surprises invraisemblables? C'est une bonne vache à lait, Hildège, un peu naïf, lacordaire et maître-chantre déjà bien accepté par les voix puissantes du chœur de chant de Percé. Aussi bien le ménager, le flatter dans le sens du poil, s'en faire un complice solide et assuré... Voilà donc pourquoi le curé de Val-d'Espoir a vite mis fin à sa propre cérémonie pour venir pavaner sa grosse bedaine à côté de celle du curé Belzile dans l'interminable procession de Percé.

Et tant d'honneurs ne sont pas pour laisser indifférent le maître de la maison, Hildège Dégarie, neveu par excellence du p'tit Ministre-les-pommes, en l'occurrence «maître de reposoir» pour l'occasion, homme de tant de foi qui se gourme et se dérhume à qui mieux mieux. Les Dames de sainte Anne s'accrochent aux bannières, Ti-Jean sert la messe avec dans les gestes une indéfinissable piété, le rocher s'allume sous les feux d'un soleil comme il en plombe rarement en Gaspésie, l'une de ces journées de chaleurs empruntées pour l'occasion au ciel des tropiques, un cadeau du Très-Haut à n'en pas douter.

Le curé Belzile jette sur la mer un regard condescendant avec l'air de vouloir rejoindre les âmes perdues des pêcheurs partis jigger la morue le dimanche de la Fête-Dieu :

– Faut les comprendre, Monsieur le curé, s'empresse d'expliquer Hildège, c'est l'une de nos premières journées de grosses chaleurs...

– C'est quand même le jour du Seigneur, à plus forte raison aujourd'hui, c'est impardonnable!

À quoi bon lui expliquer, au curé Belzile, il ne comprend rien quand il décide de s'entortiller dans sa boule d'obstination et de malveillance. Tout le monde le connaît dans les environs. Personne cependant n'ose parler bien haut. Il est le maître incontesté après Dieu, le capitaine du navire des âmes, il sait tout, entend tout et son jugement est infiniment bon, infiniment aimable. Seul le péché lui déplaît, comme c'est si bien expliqué dans le petit Catéchisme. Mais comme aussi tout est pour lui occasion de péché, alors tout lui déplaît.

L'arrivée de la procession au cap Rouge en laisse plusieurs mécontents. Le curé Belzile a toujours su choisir les meilleurs endroits pour les reposoirs, parmi les bourgeois et les bien nantis du village de Percé, tout autour du rocher. Les bons paroissiens en cravates et souliers vernis sont accoutumés de s'esquinter à grimper les montagnes, que ce soit la côte surprise ou encore celle du pic de l'Aurore... Mais marcher si loin, jusqu'au cap Rouge, pour se recueillir devant une si petite maison grise, avec toutes ces odeurs puantes de morues, et ce soleil de plomb, et ce vieux fou dans la balançoire... Choisir l'ancienne maison d'Armand Dégarie, cet homme noyé en mer, cette âme damnée accrochée au jupon d'une Émilie Ranger elle-même coureuse de grève, une femme qu'on n'a jamais vue à l'église... vendeuse d'agates par surcroît et pour le simple plaisir de l'argent.

Non, décidément, c'est un fort mauvais choix. Le fils d'Armand Dégarie ne peut certainement pas être meilleur que son père, c'est certain. Il a déjà bu. Les petites cousines du «trois au trois» s'en souviennent comme si c'était d'hier... «Qui a bu boira», égrènent-elles dans leur tête en bafouillant des «Je vous salue, Marie» assujettis aux grimaces de l'ancêtre Nicholas Desgarris, toujours confortablement installé dans sa balançoire.

Marie-Esther s'agenouille près du poêle dans la maison. Ses prières se fondent aux cantiques comme se mélangent les odeurs d'encens à celles des morues séchées. Elle regarde à travers la fenêtre et croise ses mains sur son ventre déjà énorme. La délivrance n'est que pour octobre, ou novembre. Il fait si chaud. Elle est fière de Jean qui porte l'encensoir et de Simone qui est suspendue à la corniche. Elle va beaucoup mieux depuis qu'elle avale quotidiennement son grand verre de Saint-Georges. Elle est fière de tous ses enfants qui babillent ça et là. Elle observe amoureusement son mari qui ne boit plus depuis déjà plusieurs années et qui tient à bout de bras et d'honnêteté l'identité de son coin de Gaspésie. Elle a beau s'ennuyer de ses parents qui ont été emportés par une première vague de dépeuplement vers la ville et savoir que ses sœurs Olivine et Fleurette vont partir à leur tour, elle n'envie personne. Elle est heureuse et s'attache lentement au Vieux Bouc qu'elle apprend à connaître au fil des semaines.

Mais elle a beau scruter la foule du regard, elle ne peut repérer le centenaire. Il n'est plus dans la balançoire. Elle ne l'aperçoit nulle part.

Il semble avoir disparu.

Jean est hypnotisé par les oscillements de l'encensoir qu'il transporte et agite en grandes pompes à l'occasion de la cérémonie officielle de la Fête-Dieu. Pour le consoler du désappointement causé par une télévision «pleine de neige», son père lui a promis, ainsi qu'aux autres enfants de la famille, un pique-nique à la chute du rang 6.

Le Bouddha de Percé le regarde de travers lorsqu'il passe devant lui dans la procession de la Fête-Dieu. Béni soit le Bouddha ou le Pirate de Percé! La figure de proue tend son buste vers l'avant. Elle se tient sur une tablette en bois consacrée à la mer, un socle vieillot accroché à la façade d'un ancien hangar de pêche désaffecté depuis plusieurs décennies. S'il fallait que le curé Belzile se mette soudainement à deviner les pensées de Jean Dégarie, il y découvrirait de gros sacrilèges endurcis tassés dans un coin noir de son petit cerveau d'une huitaine d'années.

Ti-Jean avance lentement. Il suit de très près le gros derrière du curé Belzile, un derrière qui n'arrête pas une seconde de péter et près duquel est venu subrepticement se coller le cul du curé de Val-d'Espoir. Il a l'impression d'être dans une charrette traînée par deux énormes chevaux pétaradants.

Dans la procession, outre les Dames de sainte Anne et toutes les autres dames de toutes les couleurs, il y a aussi les sœurs qui marchent comme des pingouins tordas et qui leur ressemblent étrangement. La sœur qui étale le linge du curé dans la sacristie a le cou tordu du pingouin torda et ne cesse de l'étirer du côté du curé Belzile. On dirait qu'elle est en amour avec lui. Mais Ti-Jean, pour sa part, est loin d'être en amour avec elle. La dernière fois, alors qu'elle dépliait les surplis des enfants de chœur, elle lui a raconté l'histoire d'un homme mort d'avoir trop bu. Très innocemment, Ti-Jean lui a dit :

– Avant, ma sœur, p'pa prenait de la boisson, mais je m'en rappelle pas. Asteure, i' boit pus pantoute pantoute, jamais jamais... Pis i' boira pus jamais! M'man en prend un petit peu pour sa santé, mais p'pa en prend pas...

Et la sœur lui a répondu en rotant de satisfaction :

– Qui a bu boira!

Il ne l'aime pas d'amour, la sœur pingouin. Il préfère regarder son père chanter et tousser en grégorien, un gros livre à la main. Il fait très chaud, les fidèles qui se sont joints à la procession essuient les gouttes de sueur qui perlent sur leur front. Il sait maintenant que sa mère va guérir et que le docteur Pronovost n'y pourra rien. Ce sont les petits verres de vin qui font le miracle et, derrière le miracle, il y a son père. Il sait aussi que son père ne doit pas goûter au vin à cause du «Qui a bu, boira!» de la sœur, un «Qui a bu, boira!» dramatiquement incrusté dans les torpeurs d'une réalité également refoulée dans un coin noir de son petit cerveau d'une huitaine d'années. Un peu, si l'on veut, comme les attouchements gluants du cousin Philippe Lafontaine qui, eux aussi, sont entassés quelque part.

On approche de la maison du cap Rouge. De très loin, Ti-Jean aperçoit déjà sa sœur Simone suspendue dans les airs, un voile sur la tête et des ailes dorées accrochées aux épaules. Une nuée d'anges tout prêts à s'envoler au premier coup de claquoir de la sœur «torda», une nuée d'anges ressemblant comme deux gouttes de frayeur au Bouddha de Percé. Bénis soient les angelots du cap Rouge qui ont tous un sexe féminin. Pourtant, dans l'*Encyclopédie de la jeunesse*, il est dit quelque part que les anges sont des hommes, que les séraphins ne sont pas seulement Poudrier et que les archanges s'appellent Gabriel et Michel et qu'ils sont saints comme Saint-Gabriel-de-Gaspé et Saint-Michel-des-Saints, là où projette d'aller demeurer tante Fleurette si jamais elle peut se dénicher un mari.

Jean Dégarie imagine la petite fille aux yeux bleus et aux cheveux bouclés de Saint-Julien-de-Bellevue. Elle ne va tarder maintenant à descendre du train à la gare de Percé.

Le Vieux Bouc se lamente dans sa balançoire. Il ne s'envolera donc jamais dans son ciel, accroché qu'il est à la corniche de ses cent deux ans bien sonnés et au mouchoir rouge à pois blancs dont les quatre coins sont noués sur sa tête? Il n'ira donc jamais la voir au paradis comme il l'a si souvent chanté durant les cérémonies du mois de Marie et celles de la Fête-Dieu? Il est peut-être condamné à vivre éternellement arc-bouté à la falaise de son existence terrestre, un peu comme le Bouddha devant le hangar de Percé.

Extrait du journal de Lovanie Desgarris
Percé (Québec)

Les jours avaient passé. Nicholas Desgarris s'était réfugié dans une petite cabane abandonnée et perdue quelque part dans une gorge entre le mont Sainte-Anne et le mont Blanc. *Personne ne semblait vouloir l'en déloger. Sa jambe avait guéri et il s'était longuement promené dans le village, où il avait croisé quelques Jersiais dont il parvenait mal à reconnaître des airs de famille. Personne ne lui semblait le connaître ou plutôt le reconnaître, lui, le pion du roy, ami véritable de Victor Hugo, condamné à l'exil pour une «royale» insignifiance. Il n'avait pas osé demander du travail mais, à travers les branches, il avait entendu dire que les Le Bouthillier cherchaient un homme de terre, un «décolleur» plus précisément, cet individu chargé d'éviscérer la morue et de la décapiter sur le bord de la table après en avoir mis le foie de côté.*

On disait aussi que les compagnies étaient à leur déclin et que le marché de la morue fluctuait dangereusement. Partout, depuis le régime implanté à Paspébiac et ailleurs sur la côte par Charles Robin, les hommes se plaignaient d'être lamentablement exploités. Les écrivains du pays le hurleront durant des décennies : «Tout le monde était embrigadé et soumis à des règles injustes et sévères sous la direction de capitaines dont les ordres étaient lois. Les pêcheurs ne pouvaient utiliser que les embarcations et les engins de pêche des compagnies. Leurs prises appartenaient à ces dernières, qui payaient le travail au plus bas prix et surtout en denrées qu'elles fournissaient dans leurs magasins.»

Nicholas Desgarris avait fait partie de l'une des dernières traversées sur un bateau qui s'était échoué au large d'Anse-à-Beaufils. Il prenait plaisir à découvrir ce pays dont les légendes et les coutumes ressemblaient quand même étrangement à celles des îles de la Manche.

Dans sa cabane à l'orée de la forêt, pour se réchauffer, il s'était fait une flambée de varech longuement séché au soleil. Il connaissait très bien cette technique apprise au pays de ses ancêtres. Là-bas, les jours de forte marée ou de mer houleuse, les hommes allaient scier le varech après le «soleil couché». Combustible recherché à l'époque autant par les pêcheurs que par les gens ordinaires, le varech était cependant soumis à des règlements différents. Il était par exemple interdit, sous peine d'amende, de le couper sur les rochers.

En Gaspésie, Nicholas fut surpris de constater que les pêcheurs jersiais et guernesiais ne semblaient pas avoir adopté cette coutume ancestrale. Probablement parce que les épinettes étaient hautes et fortes, que le bois de tremble fourmillait partout sur les collines et dans les ravins, et qu'il était facile de s'en procurer.

En passant devant un hangar de pêche au cœur du village de Percé, il s'approcha d'un groupe d'hommes qui s'affairaient à hisser sur une tablette en bois la figure de proue du *Squirrel*, la statue de saint Théodat, patron des marins et des capitaines, son compagnon d'infortune et d'agonie sur les plages froides du Nouveau Monde, juste avant qu'il ne soit retrouvé et soigné par une fée amérindienne dont il avait misérablement perdu la trace, une femme qu'il aimait plus que sa propre vie d'exilé et dont les empreintes de ses doigts magiques lui étaient, à tout jamais, restées tatouées sur la peau.

Chapitre VIII

Centre d'accueil de Tourneville
automne 1990

«Loin d'être la dernière bouteille, ce fut la pire des catastrophes qui entra chez nous, à Cap-Rouge, s'infiltrant par les lucarnes mal peinturées et les soupiraux de la cave encore pleine de légumes défraîchis en ce printemps hâtif en Gaspésie.

Lorsque je suis descendu du train, Marie-Esther, je n'ai pas eu la force de me rendre immédiatement à la maison. Tu m'as attendu. Tu as fait le souper. Jean avait déjà terminé son année au séminaire...

C'était il y a trente ans, peut-être un peu moins. Ça faisait huit ans qu'on était déménagé de Val-d'Espoir à Cap-Rouge. Simone t'a demandé :

– M'man, p'pa est pas supposé d'avoir débarqué du train à Percé après-midi? De coutume y arrive tout de suite!

– Je le sais pas, les enfants, peut-être qu'y a eu quelque chose d'imprévu à Gaspé! On va ben voir tout à l'heure...

Mais déjà tu devinais.

Après m'être attardé chez les Lafontaine où, sans que ce soit la fin du monde, j'ai pris quelques bières, je suis revenu vers dix heures à la maison. Les Lafontaine m'ont regardé de travers, c'est évident. Ils savaient dans quel gouffre j'allais précipiter ma famille. Et même si je n'étais pas ivre, c'était suffisant pour que, devant tes yeux, se mettent à sautiller les flammes de l'enfer du désespoir.

Lorsque je suis rentré, tu n'as pas parlé. Tu as continué de regarder ton émission à la télévision; il faisait chaud à l'extérieur, les goélands et les cormorans venaient nous décliner leurs comptines sur le coin de la galerie. Jean semblait particulièrement nerveux. Plusieurs années plus tard, il m'a dit :

– Ce soir-là, p'pa, quand je t'ai vu rentrer, t'étais pas tellement chaud, mais t'étais plus l'homme merveilleux qu'on avait connu durant notre enfance. En une fraction de seconde, j'ai vu défiler dans ma tête les trente années d'infortune et de misère qui allaient suivre... Pis, je pense que c'était exact, pas mal plus réel que ce qu'on pouvait voir à l'époque sur le petit écran...

Ça s'est passé comme ça, tu te rappelles?

Oh! oui, tu te rappelles. Comment oublier!

Pour la première brosse depuis une décennie, rien de catastrophique... Mais déjà, c'était trop. Toutes les magnifiques couleurs qui avaient enjolivé vos vies jusque-là s'effaçaient d'un seul coup. La bouteille (la sacrée dive bouteille) est alors devenue cette bombe à retardement sur laquelle est allé reposer notre quotidien.

Je me suis installé à un coin de la table et je t'ai demandé si ça allait. Tu m'as raconté comment tu t'en étais sortie durant ces deux années où je me morfondais au sanatorium de Gaspé. J'aurais dû comprendre. En un court laps de temps, tu avais réussi à consolider mes nombreuses dettes et à tout orchestrer sans qu'il ne t'en coûte une fortune. Avec une piastre, tu faisais des miracles. Tu as éloigné les individus sans scrupules qui ont toujours su profiter de ma naïveté. En deux ans, tu as ramené notre situation financière à la case départ et tu as majestueusement pris les cordeaux de l'entreprise familiale. Tu as quand même réussi à nourrir dix bouches, celles de nos huit enfants, la tienne et celle de l'aïeul que tu as chéri et dorloté comme s'il s'était agi de ton propre père. Tu as effacé le cauchemar de mes dettes et tu ne t'en es jamais vantée.

Mais je ne l'ai pas accepté. Parce que tu étais une femme, il n'était pas possible que tu sois meilleure administratrice que moi. Je ne m'étais jamais aperçu à quel point je pouvais être vieux jeu et orgueilleux...

Tellement orgueilleux.

Je ne sais pas pourquoi... L'humiliation? Quelle sotte humiliation, Marie-Esther, quelle sotte humiliation!

Ce soir-là, j'ai fait une colère terrible. J'ai frappé sur le coin de la table, j'ai blasphémé, mais tu as quand même tranché ton pain de ménage et tu m'as servi un bol de soupe. Tu m'as versé un thé noir et tu m'as apporté quelques galettes à la mélasse. Je ne t'ai pas remerciée. Le Vieux Bouc s'est levé. Il s'est approché de la table. Les pans de sa combinaison vieille de vingt ans traînaient par terre... Il devait bien avoir autour de cent dix ans. Il s'est assis près du réfrigérateur et m'a longuement regardé. Et c'est moi qui, dans son regard, ai entrevu la suite de l'histoire, le déménagement de Cap-Rouge à Val-d'Espoir d'abord, puis à Montréal ensuite. Il y avait de l'indécence dans mes agirs, quelque chose de maladif. Mes années de sanatorium m'avaient transformé. Je savais tout cela et j'en souffrais. Le sort en avait décidé autrement et je n'y pouvais rien.

Le Vieux Bouc s'est approché de moi. Il m'a giflé et a craché par terre. J'ai voulu le frapper. Simone, Jean et toi vous êtes placés entre lui et moi pour le défendre. Puis, vous êtes allés le coucher dans son lit. Il souriait de ses deux dents ébréchées... J'ai voulu aller m'excuser avant de me coucher, il m'a tourné le dos.

Le lendemain, on retrouvait le pion du roy, Nicholas Desgarris né en 1853 à Saint-Pierre-au-Bois, Guernesey, mort dans son lit sans autres formalités.

J'ai un mal de tête terrible de m'en souvenir.»

Percé
printemps 1955

Tout est pourtant fin prêt sur le coin de la table, le poulet dans son jus, les tranches de pain beurrées, les petits gâteaux glacés comme à Noël et le pot de limonade bourré de cubes de glace. Chez les Dégarie, les occasions sont nombreuses de pique-niquer et de célébrer près d'une chute ou d'une rivière. Et c'est la rare et trop courte canicule de juin, celle qui, à cause des fines tapisseries de brouillard devant l'île Bonaventure, des cris démentis des macareux sortis de leurs cachettes et des vents de terre, va durer un gros deux jours assurés. C'est ce qu'on appelle de l'été «dans une boîte de conserve» en Gaspésie... (certains disent «en banque»), lorsque se pointent deux grosses journées de chaleur en plein cœur de juin. C'est comme une loterie du ciel délivrant les âmes de leur purgatoire saisonnier. On l'apprécie sans allure, la canicule, le front luisant et le dos mouillé.

Tout est fin prêt, mais le Vieux Bouc n'est toujours pas là. Le curé a même accéléré la fin de la cérémonie de la Fête-Dieu et il s'en est suivi un indescriptible chaos lorsque, pour répondre à l'appel pressant de son maître-chantre par excellence, il a annoncé la disparition du centenaire. Les vieilles se sont dérhumées puis entortillées dans leurs bannières défraîchies de sainte Anne, les jeunes pêcheurs catholiques et fidèles à la très solennelle assistance aux cérémonies du dimanche se sont précipités en forêt et Simone a dégringolé de son perchoir. Elle s'est foulée une cheville en tombant sur la galerie, mais ne s'en est guère inquiétée, intéressée qu'elle était par le fumet du poulet rôti et l'éventualité d'un pique-nique dans un paisible, nouveau et rafraîchissant coin de verdure.

Et toujours pas de vieux, ni ici, ni ailleurs, à des milles à la ronde, le plus-que-centenaire est disparu, Nicholas Desgarris de Saint-Pierre-au-Bois, père d'Armand, mort noyé en mer quelques semaines plus tôt, grand-père de l'homme à tout faire du village et arrière-grand-père du plus fiable des petits servants de messe du curé Belzile...

Il faut le retrouver à tout prix.

Hildège a toujours la tête bourrée de projets dont un énorme flotte à la surface. Un terrible. Audacieux. Il veut profiter du pique-nique pour en faire part à sa femme. Enfin... tout est décidé, réglé, calculé, une fortune à portée de la main. C'est comme toujours. Fidèle à lui-même. Et pour le bonheur de ses enfants. La richesse assurée. Il a su garder le secret au plus profond de son âme. Une chance incroyable. Hildège a les idées claires comme le bouillon du poulet dans la rôtissoire. Mais il va falloir retrouver le vieux. Et ce ne sera pas chose facile. Lorsque le vieux Nicholas disparaît, c'est habituellement pour deux ou trois jours. On finit quand même généralement par le dénicher, mais jamais au même endroit. Quoique récemment...

– Aïe! les gars! Arrivez... Je pense savoir où est-ce qu'il est, le Nico. Avant, quand y restait avec le père pis la mère, c'était moins compliqué de l'avoir à l'œil. Mais depuis qu'on le garde, nous autres, avec la femme malade pis la trâlée d'enfants, il s'échappe souvent du côté de Knoxbridge, dans la coulée des Sauvages, ça serait pas surprenant qu'il soit là...

Et pour faire d'une pierre deux coups, Hildège se rend près de Marie-Esther et lui chuchote quelques mots à l'oreille. La servante est partie chez elle pour la fin de semaine... Marie-Esther est en forme comme jamais. Une grossesse sans complications, quelques verres de Saint-Georges, un frigidaire neuf et une télévision dans le coin du salon, des enfants en santé et... le reposoir de la Fête-Dieu en pleine devanture de leur maison de Cap-Rouge. De quoi devenir la plus «fièrepète» des femmes d'Anse-à-Beaufils à Barachois, en passant par la route de la petite Irlande après avoir longé celle des Failles et s'être pavanée dans tout le Grand Percé ajusté à l'heure de la mode des touristes.

– On leur fera pas perdre leur pique-nique, aux enfants, hein, sa femme? Un empêche pas l'autre. Pendant que je vais chercher en forêt du côté de l'ancien camp des Micmacs avec les hommes de la région, toi, tu profiteras du beau temps, pis les enfants, de l'eau de la rivière pour se saucer... Qu'est-ce que t'en penses?

– J'en pense que c'est plein d'allure, Hildège!

– Maudit que j'aime ça quand que t'es de bonne humeur, Marie-Esther! Tu peux pas t'imaginer comment j'aime ça!

– C'est parce qu'on vit avec un peu de stabilité, mon mari, que je peux respirer un petit brin. Je t'en demande pas plus!

Comment lui apprendre l'heureuse nouvelle qui lui brûle le bout de la langue? Comment?

Plus tard, quand on aura retrouvé le vieux, après le pique-nique dans la coulée des Sauvages, une fois de retour à la maison, dans le creux de la chaleur du lit conjugal...

Marie-Esther saura comprendre.

Les sandwichs au pain frais sont les meilleurs au monde surtout quand, à Knoxbridge, on les trempe dans le bouillon de poulet du dimanche en pique-nique sur le bord de la rivière de la coulée des Sauvages.

Un peu pour consoler Jean, Simone et les autres enfants de la lourde déception d'une télévision sans image, pleine de neige, jour après jour...

Une ribambelle de jeunes marmots nés à Val-d'Espoir et demeurant à Cap-Rouge sautent dans la rivière en faisant des kataflouc! surprenants.

Le petit Georges s'est déniché un bois de mer et, pour la circonstance, l'a transformé en chasse-mouffettes. Jean est allongé sur la couverture carottée et dévore le morceau de gâteau au chocolat des mille et meilleurs jours. C'est comme Noël en été, tous ces pique-niques du dimanche.

Hildège cherche le Vieux Bouc. La petite fille de Saint-Julien-de-Bellevue va descendre du train lorsque surgiront à nouveau les vacances d'été, des vacances pour les autres puisque Jean (c'est inscrit sur une écorce de tremble transformée en bulletin du mois de juin) a déjà terminé son année.

Tout le monde s'agite, voisins et gamins des alentours. Ça crie, ça hurle... ça espionne et ça mémère. Le soleil est fendant. Les gouttes de sueur touchent la surface de l'eau et font des ronds (kataflack!) quand les galipettes des marmots ne viennent pas troubler le chantonnement du cours d'eau. Philippe Lafontaine est adossé au vieux pont de la rivière et fume une cigarette. Lui, il fait des ronds de fumée qui vont toucher les nuages. On a averti l'oncle Rémi et grand-mère Angélique de la disparition du Vieux Bouc. Ils sont venus en grande vitesse avec les tantes des deux côtés, Gertrude, Adrienne, Fleurette, Olivine, les curieux de Cap-Rouge et les sympathisants de Val-d'Espoir... Des branches généalogiques pleines à craquer de toute une parenté rassemblée pour le meilleur et pour le pire en ce jour béni de la Fête-Dieu, des branches de vertige et de racontars, de gomme de sapin et de sirop de calmant... C'est le Vieux Bouc qui en a décidé ainsi. Il a profité de la chaleur pour se cacher dans la forêt. Jean n'a aucun doute. Depuis qu'il a fouillé dans le sac à malice de son arrière-grand-père et qu'il en connaît toutes les coutures, il sait que Nicholas a pris la poudre d'escampette pour que se rassemblent parents et amis, quêteux, fêtards, fenouillards et farfouilleux...

C'est son plaisir à lui.

Jean connaît la cachette du vieux, mais il ne la dévoilera pas. Il saute dans l'eau de la rivière à cheval sur son chien Padey. Philippe Lafontaine fume toujours. Le gâteau au chocolat du pique-nique de ce jour-là fait des gargouillis dans le ventre des enfants de la coulée des Sauvages. Les tantes tricotent et racontent des histoires que Marie-Esther trouve ennuyantes en se touchant le ventre.

On entend les cris de la forêt. Ce ne sont pas ceux des animaux perdus ni des bêtes sauvages. Jean Dégarie, à dos de colley, patauge dans les langoureux remous de la rivière et les cristaux d'aventures du sac à malice brillent de mille feux sur les eaux magiques. Nicholas Desgarris dort dans les bras de la fée qu'il a connue quelque part dans une cabane faite de branches de sapin. C'est pourtant facile à comprendre. Le Vieux Bouc en a parlé si souvent mais personne, c'est vrai, ne l'a cru. Un illuminé, l'ancêtre guernesiais. Un radoteux... Il contemple sa belle dans sa cache de verdure. Flatte sa merveilleuse chevelure et se soûle de sa beauté. Cueille les fleurs des champs et les dépose dans un vase. Les étoiles noires de la longue robe rouge de la déesse amérindienne filent dans le firmament de la canicule. C'est bien connu. Il en a parlé si souvent, le vieux... si souvent. Qu'est-ce qu'ils ont tous à le chercher comme des malades?

L'eau éclabousse les robes fades des tantes jaspineuses et les enfants font du bruit. Les hommes cherchent toujours. La petite fille aux yeux bleus de Saint-Julien-de-Bellevue sera bientôt là. L'ivresse est aux portes de la fraîcheur enfantine de ce pique-nique de juin.

Nicholas Desgarris est heureux, c'est certain, heureux comme il ne l'a jamais été. Il vagabonde de l'autre côté de ses cent ans, c'est bien tant mieux... Il faut le laisser faire. Pourquoi ne pas le laisser faire?

Les remous tournicoti! percent le mystère de l'onde et les nymphes en jaquettes courtes glou! glou! lui chatouillent les aisselles et le dessous des pieds. La douce limonade aux fraises gonfle son estomac et plouk! gonfle aussi ses joues et s'infiltre dans ses tripes à la vitesse d'un wouf! wouf! Des cris filtrés par le gargouillis du soleil au-dessus de ses cheveux qui flottent et qui veulent pénétrer à l'intérieur de sa trompe d'Eustache déjà envahie par un flac! flac! sourd et démentiel... Il lui semble qu'on a crié... des cris de joie. Ou c'est peut-être le chasse-mouffettes sur lequel on a marché accidentellement qui s'est cassé. Parce qu'il traînait sur les roches plates. Ce sont les pleurs de petit Georges aussi. C'est une douleur sauvage, celle de ne pouvoir traverser l'immense clôture de cristal bleu et de ne jamais atteindre l'air pur du midi. Et c'est la voix blou! blou! de son papa... Hildège... papa! blou! blou!...

– Aïe! Marie-Esther, Fleurette, m'man! Aïe! You hou! On a retrouvé le vieux! Dans la cache des Norvégiens, vous vous rappelez? Le vieux snoraud... La cache des Norvégiens! Dans le clocher de l'église. Y mordait dans de la morue séchée, le Vieux Bouc! M'man, Rémi, on l'a trouvé, dans le clocher! Je sais pas comment y a fait pour grimper là!

Et Marie-Esther lui a hurlé :

– Hildège, vite, pour l'amour, HILDÈGE! Arrive, plonge dans la rivière... VITE! Jean est en train de se noyer!

L'image du géant Hildège se tord et se rapproche dans le reflet de l'eau qui court-circuite la réalité. L'homme de Cap-Rouge se porte au secours de son fils comme il s'est porté au secours de son grand-père dans le clocher de l'église de Percé. Mais personne ne s'est porté au secours de son père Armand qui s'est noyé en mer.

Il vient de réaliser qu'un jour, il pourrait bien lui aussi disparaître sans laisser de traces.

Extrait du journal de Lovanie Desgarris
Percé (Québec)

Nicholas Desgarris taquinait la truite dans la petite rivière sous le pont Knox.

À Percé, à la toute fin de l'été, deux Norvégiens soupçonnés d'avoir volé du matériel à la compagnie Le Bouthillier se cachaient dans la chapelle de Percé. Ils étaient bourrés de provisions et armés jusqu'aux dents. Le curé avait fait de ses pieds et de ses mains pour les en déloger. Nicholas lui avait tout simplement dit :

– Ils vont finir par sortir, Monsieur le curé, il s'agit simplement de les surveiller...

Fendant, le curé lui avait répondu :

— Mon jeune ami originaire des terres lointaines, nous n'avons pas de conseils à recevoir de toi. Généralement, les gens de ton île sont de religion protestante et tu es catholique, c'est bien ce qui me fait t'accepter dans le village. Mais j'ai eu vent de tes escapades à St. Peter Port... par des âmes charitables qui en ont entendu parler. Je sais que tu vis un exil forcé. Il paraît que tu as tué un homme important de ton pays... Réponds! Es-tu un criminel?

Déjà, le curé Plourde en fonction à l'époque à Percé l'avait empoigné par le collet en espérant, en le soulevant de terre, prouver sa force et sa détermination. Nicholas l'avait regardé dans les yeux et lui avait murmuré :

— Touchez-moi pas, Monsieur le curé! Je sais pas si vous avez vécu des moments difficiles depuis que vous êtes dans votre soutane, mais moi je sais ce que j'ai vécu! Personne d'autre peut le savoir. Laissez-les tranquilles, les Norvégiens, ils vont finir par sortir. Il suffit de surveiller, rien de plus...

Nicholas Desgarris s'était éloigné furtivement, comme un chat dans la nuit. Et le curé lui avait crié :

— Je connais toute ton histoire, Nicholas Desgarris de Saint-Pierre-au-Bois. Un criminel dans ma paroisse... probablement complice de ces deux Irlandais qui profanent la maison de Dieu. Vagabond des forêts et des rivières, tu erres avec les Sauvages de Knoxbridge, tu caches une terrible vérité, Nicholas Desgarris, je le sais. Je vais te dénoncer à la compagnie et tu perdras ton métier de décolleur de morue. Il n'y a pas de place pour un homme de ton espèce dans notre village...

Nicholas taquinait toujours la truite dans la petite rivière sous le pont Knox. Pourquoi donc le curé du village de Percé s'acharnait-il soudainement à le dénoncer publiquement sur la place publique? Qui donc avait pu recevoir des nouvelles de St. Peter Port? Les Lenfestey, les Bourgaise, les Renouf? Pourquoi n'avait-il pas changé de nom comme il l'avait d'abord prévu?

Il n'avait rien à se reprocher. Le conseiller spécial du bailli était tout bêtement tombé sur un caillou et s'était mortellement blessé.

Et lui, le pion du roy, il avait dû fuir son patelin et quitter sa famille, ses amis...

Ici, aux confins du Nouveau Monde, le drame le poursuivait, le harcelait. Il avait déjà l'étiquette du paria tatouée sur le front par le curé Plourde. Il avait bien vu le visage des paysans armés de fourches qui semblaient, probablement par soumission, accorder le bénéfice du doute à la robe noire dans le village, l'homme fort de l'époque, le maître incontesté après Dieu.

Avec sa main ouverte devant ses yeux, Nicholas chercha à filtrer la luminescence des reflets du soleil qui scintillaient à travers les branches de bouleaux vigoureux.

Tout près, dans une fosse remplie d'eau grâce au travail naïf et acharné d'une armée de castors, une jeune femme au corps foudroyant se baignait nue dans la lumière.

N'avait jamais vu le corps nu d'une femme...

Sur la branche d'un bouleau inquiet, une robe rouge parsemée d'étoiles noires flottait sous le soleil comme un drapeau d'innocence. Sa canne à pêche lui tomba des mains et alla naviguer jusqu'à la fée de ses désirs qui plongea dans l'insolence des eaux de la rivière.

Comme Jésus, Nicholas marcha sur les eaux.

Chapitre IX

Centre d'accueil de Tourneville
automne 1990

Armand est revenu. Il siffle des airs coquins partout dans la chambre. Il adresse des reproches lourds de conséquences à son fils Hildège sur le lit froid. Il ne s'est pas gêné, le bonhomme. On dirait qu'il est tout ragaillardi. C'est à cause d'Émilie Ranger qui le suit partout et qui colle à ses fesses comme une sangsue. Tous les deux, sans avertir et à toutes heures du jour et de la nuit, ils viennent le visiter au centre d'accueil. C'est indécent, ça manque de confidentialité. Vaporeuse, une cigarette puante au bec et un boa de plumes enroulé autour de son long cou de coureuse des grèves gaspésiennes et de collectionneuse d'agates, cette femme morte de tuberculose au bout de son âge, émancipée, les paupières tombantes et la bouche cruelle, se promène de long en large dans les corridors et raconte à qui mieux mieux tout ce que fait Hildège. Et quand elle se tient au pied du lit, elle est toujours accrochée aux hanches de son amant. Même dans l'éternité, Armand trompe son Angélique. Et Angélique, patiente et bonne comme du pain de ménage, ne dit rien. Elle a gagné le ciel, c'est sûr, car elle n'apparaît jamais nulle part.

La semaine dernière, Armand a fait une colère terrible. Émilie s'est mise de la partie et Hildège a voulu les ficher à la porte de sa chambre. Mais la paralysie... C'était bien sûr encore et toujours à cause de cette histoire du Vieux Bouc mort à cent dix ans à Cap-Rouge dans des circonstances mystérieuses. Le vieil Armand n'arrêtait pas de marmonner :

– Je sais pas trop trop où j'étais quand ça s'est passé, Hildège, ce soir-là, je sais pas trop trop... T'en rappelles-tu, toi, Émilie, hein?

– Je peux pas m'en rappeler, son vieux, j'étais pas morte, je courais toujours les grèves, pour toi, mon bien-aimé!

– T'étais vivante, bien sûr! Mais moi, moi, Armand Dégarie, d'aussi loin que l'au-delà, j'aurais dû regarder. J'aurais peut-être vu... Mais non. J'étais occupé ailleurs. Mais j'ai su. J'ai su que t'avais manqué de respect à ton grand-père, à l'aïeul, le Vieux Bouc, le pion du roy, Nicholas Desgarris de Saint-Pierre-au-Bois. J'ai su... Tu avais pris beaucoup de boisson, tu as même été violent ce soir-là et tu as expédié mon père dans l'autre monde, un homme de cent dix ans et quelques prières, Hildège, Hildège, oh! Hildège...

Du temps de son vivant, il buvait bien lui aussi, Armand Dégarie. Toujours pompette, les joues rougeaudes, la morve au nez, il en a fait passer des nuits blanches à toute la maisonnée. Les longues nuits d'attente, un chapelet à la main, et la douce Angélique qui soupirait dans son lit sans jamais se plaindre, et les murs glacés, le vent du nord sifflant dans les nombreuses fentes du camp de bois rond mal isolé...

Du temps de son vivant.

– Et tu as vendu la maison de Cap-Rouge pour retourner vivre à Val-d'Espoir. Des années de misère, Hildège, de misère noire. Là, tu ne pourras pas dire que je n'ai pas fait mon devoir de père. Du haut de mon nuage de moins en moins confortable, je pouvais contempler les horreurs que tu faisais subir à toute ta famille. Et quelles horreurs! Toujours soûl, t'avais rien dans le ventre. Tu prenais des tempérances que tu respectais jamais. T'étais violent, Hildège, mon fils, terriblement violent. Combien de fois as-tu frappé ta femme, la pauvre Marie-Esther? Combien de fois as-tu précipité tes enfants dans la géhenne de l'angoisse et du désespoir, Hildège Dégarie? Réponds, hein, réponds! Personne ne peut venir maintenant, personne. Tu vas aussi mourir...

– Tu vas aussi mourir, répétait Émilie Ranger, blottie contre l'épaule squelettique d'Armand.

– Pourquoi t'es pas demeuré dans la maison paternelle, celle de Cap-Rouge, la maison des Desgarris de père en fils, depuis l'arrivée de l'ancêtre sur les côtes gaspésiennes? J'ai jamais compris pourquoi t'avais voulu retourner à Val-d'Espoir...

Ils sont toujours là, tous les deux, qui vagabondent dans l'espace infini, quittant leur enfer ou leur purgatoire à l'occasion, le temps d'un rafraîchissement. Ils font l'école buissonnière, et les anges exterminateurs du ciel les oublient. Ils doivent être difficiles à vivre là-haut. Armand a probablement gardé son caractère de cochon. Il veut peut-être encore régenter tout le monde, faire la loi comme il savait si bien le faire sur terre avant de se noyer en 1955.

Trente-cinq ans plus tard, au centre d'accueil de Tourneville, Hildège Dégarie sait que tout cela est vrai, que les anges l'envahissent et que les infirmières vont peut-être finir par sentir le pipi qu'il a fait dans sa couche.

C'est le seul moyen qu'il connaisse pour se débarrasser de son père et d'Émilie.

Le seul moyen.

Percé
printemps 1955

On a vite ramassé les victuailles tout près de la rivière sous le pont Knox. Le tonnerre s'est mis à gronder et des nuages de terreur à rouler comme sur un grand écran de cinéma. Le pique-nique est terminé, le vieux retrouvé, le fiston sauvé de la noyade. On est dimanche après-midi. Il fait quand même chaud. La pluie n'est pas tombée. Les morues séchées empestent la campagne de Percé, les moustiques s'en donnent à cœur joie et Jean est hors de danger. Il aurait quand même pu se noyer à ses pieds, là, dans le tourbillon d'une si petite rivière.

L'été 55 va bientôt dérouler son tapis de surprises. Hildège se berce sur la galerie. Il faut toujours surveiller le Nico, le Vieux Bouc qui menace encore de faire une fugue. Un beau jour, on va le retrouver mort en bas d'un cap, massacré par les vagues carnassières des fortes saisons.

Hildège a d'autres préoccupations. Marie-Esther vient près de lui. Il se met à siffloter et à regarder le temps. Il lance quelques miettes de pain aux goélands :

– Je te dis, Marie-Esther, que le petit m'a fait peur à midi. Nous autres qui étions contents d'avoir retrouvé le vieux dans le clocher de l'église, juste là, au beau milieu du pique-nique, Ti-Jean qui manque de se noyer...

– C'est passé, Hildège, pis pour le mieux. Y était pas resté assez longtemps dans l'eau pour que ce soit dangereux!

Marie-Esther devine autre chose :

– C'est plutôt toi qui m'inquiètes, mon homme!

– Comment ça, je t'inquiète?

– T'as une idée derrière la tête que tu veux pas dire. C'est ça, hein? Comme je te connais, y a quelque chose de pas mal important qui te tracasse!

– Penses-tu?

– Le restaurant?

– Quel... restaurant? Comment... ça... ça se fait que t'es au courant, hein? Y a personne qui en a parlé!

– J'ai le nez fin, Hildège, tu devrais ben le savoir. Depuis que tu me soignes avec le Saint-Georges, j'ai des énergies sans bon sens. J'ai repris mon train-train quotidien avec bonne humeur pis... si tu veux le savoir, je remarque!

Elle ouvre son sac à tricot et en sort un papier plié en quatre qu'elle donne à son mari :

– T'aurais pu me consulter avant de signer ce papier de location du restaurant à Val-d'Espoir, Hildège. Je suis ta femme. Je me plains pas, mais si je sais lire... on va tous redéménager à Val-d'Espoir dans la maison juste à côté du restaurant pour l'automne! C'est ça, je devine bien?

– Ouais, c'est ça. Une chance en or, Marie-Esther, le restaurant va se vider betôt. Les Blais déménagent en ville. J'ai accepté de le louer pour un an, le temps de voir comment ça va se passer. Les enfants vont être contents de revenir dans le village...

– Tu y penses pas, Hildège. Notre maison qui est déjà louée à Val-d'Espoir, celle-ci à Cap-Rouge... Va falloir qu'on trouve quelqu'un. Pis qu'est-ce que ta mère va dire à Douglastown, hein? Ça fait même pas deux mois qu'on est déménagés... Pis avec toutes tes jobs, c'est qui qui va le garder le restaurant, hein? Te rends-tu compte? La famille commence à être grosse, je suis enceinte, deviens-tu fou?

Marie-Esther se dirige vers le jardin qu'elle a commencé à bêcher pour l'été. Il l'avait oublié, le jardin. En Gaspésie, c'est toujours très tard que s'amorcent les premières semailles. Inutile d'y penser avant la fin du mois de juin, les risques de gel sont toujours trop élevés. Hildège voudrait lui dire d'arrêter de piocher la terre comme une hystérique, elle va se faire à l'idée, ils auront le temps de récolter quelques radis, de la laitue, des betteraves, des pois... Oui, bien sûr, ils ne déménageront qu'à la toute fin du mois d'août, juste avant la reprise des classes, c'est bien ça... Le retour dans la vallée de son enfance, dans ses jardins secrets, ceux qu'il ne peut oublier, ceux des richesses intérieures... Le retour aux longs hivers de tempêtes et de misère aussi. Cap-Rouge ou Val-d'Espoir. À peine une dizaine de milles séparent les deux villages. Ce sera plus facile là-bas. Et moins inquiétant pour le Vieux Bouc. Il n'y a ni caps ni falaises dans le Haut-Pays.

Le véritable pays.

Hildège s'approche de sa femme. Elle verse quelques larmes et continue de retourner la terre. Il lui caresse le dos, lui retire la bêche des mains. Il prend la mère de ses nombreux enfants dans ses bras, la cajole un peu, en toute complicité, goûtant ces courts instants d'un bonheur tellement fragile. Elle sait qu'elle devra le suivre encore. Il ne boit pas. Il ne boira plus jamais. Aussi bien lui faire plaisir. Il voulait des enfants, il en a. Une nombreuse famille en perspective. Et tant qu'elle aura la santé, Marie-Esther ne lui refusera rien.

La santé, la merveille des merveilles, une réalité plus forte que les splendeurs de Percé, une douceur exotique, une chaleur dans sa vie quotidienne, un miracle incroyable, la santé retrouvée, du soleil en permanence dans son âme, des airs de fête, des chants, des cris...

Elle sèche ses larmes, esquisse un sourire et met sa main sur l'épaule de son mari. Les enfants ne savent pas. Ils seront heureux d'apprendre la nouvelle. Elle les voit déjà avaler le maigre profit. Elle les imagine toussant et râlant à travers les nuages de fumée des cigarettes, piaillant autour de la table de billard jusqu'aux petites heures du matin, faisant tourner sans cesse les disques usés du juke-box en bouffant tout le chocolat des tablettes. Hildège n'a jamais su leur dire non. Le restaurant va les pourrir jusqu'aux os...

Tout ça, il ne le devine même pas. C'est un éternel grand enfant. Il a pris la bêche des mains de Marie-Esther et retourne la terre en toussant et en sifflant. Le vieux Nico, dans un sursaut de lucidité, s'approche de lui et ramasse un bâton. Comme s'il voulait repartir à neuf dans la vie, il trace dans la terre des sillons parallèles qui finissent par déborder du jardin et se rendre jusqu'à la mer. Le vieil homme projette déjà d'ensemencer la vaste étendue d'eau salée de petits poissons rares et recherchés qui feront un jour la richesse du peuple gaspésien.

Naturellement, personne ne lui prête foi.

Jean a avalé trop d'eau. Il s'est presque retrouvé dans un monde de chimères et de gros visages gonflés par les couleurs de la crise cardiaque. Pas très loin de lui, dans les clapotis de l'eau, alors qu'il tentait de reconnaître les gens dont l'image s'estompait graduellement sur la rive de la rivière, il lui a semblé entendre les conseils de son grand-père.

Et si on l'a ranimé si vite, c'est parce qu'Armand l'a tenu en vie sous l'eau. Pour une famille, c'est impossible de vivre deux noyades durant la même saison. Il ne fallait pas que Jean Dégarie meure ce jour-là. C'est ce que se tuait à répéter Nicholas Desgarris, l'arrière-grand-père, quand il était accroché au grelot de la cloche dans le clocher des Norvégiens.

C'est Hildège, son père bien-aimé, qui en plus d'avoir fait cuire le poulet et retrouvé le vieux dans le clocher, s'est tapé la sale besogne de la respiration artificielle en écoutant patiemment les doléances de la tante Olivine. Les autres, Marie-Esther et Fleurette, l'oncle Rémi, la grand-mère Angélique, les cousins et cousines, ils ont prié le Dieu du ciel de le sauver et ils ont réussi.

Le Dieu du ciel l'a sauvé.

Mais il aurait dû le laisser mourir. Parce que maintenant, c'est lui qui pleure sans arrêt. Voilà trois jours qu'il se rend au train à pied. Sa mère a reçu une lettre en provenance de Saint-Julien-de-Bellevue. Une lettre écrite à la main par une femme qui ne s'est sûrement pas mêlée de ses affaires. «Une belle main d'écriture!» que prétendait Marie-Esther. La lettre disait que la petite fille aux yeux bleus et aux cheveux bouclés de Saint-Julien-de-Bellevue, la petite fille tant attendue ne viendrait pas, ne viendrait plus jamais. Qu'elle avait attrapé un virus et qu'elle avait maintenant les jambes paralysées, qu'elle ne pourrait plus jamais marcher de sa vie de petite fille aux cheveux bouclés. On dirait que ça fait plaisir à Philippe Lafontaine qui se promène encore avec ses grosses bottines d'armée. Il marche sur la voie ferrée. Au loin, le train siffle à un passage à niveau. Cette fois, c'est la bonne. Ce n'est sûrement pas vrai, la lettre! La madame de la vallée de la Matapédia s'est trompée. Elle dit être la mère de la petite fille aux yeux bleus, mais Jean Dégarie prétend, de son côté, que le train va s'arrêter une bonne fois à la gare de Percé et qu'une jolie déesse va descendre et lui sourire.

Philippe Lafontaine est loin sur la voie ferrée. S'il peut se faire écraser par le train, celui-là... Demain, les tantes Olivine et Fleurette vont partir pour la ville. Il y aura plein de valises dans la camionnette quand Hildège va venir les reconduire au train. Ce sera au tour de Marie-Esther de pleurer durant de longues journées dans un coin mais sans bouder cette fois, car le vin Saint-Georges de la Commission des liqueurs l'a guérie à tout jamais de la dépression nerveuse. Les tantes Olivine et Fleurette s'ennuient de leurs parents qui vivent en ville et qui sont aussi des grands-parents que les enfants Dégarie ne connaissent pas beaucoup.

Le cousin Philippe a disparu dans le détour. Le train hurle et approche lentement et Jean Dégarie se sent bien seul. Comme toujours, il va y avoir des sacs bourrés de lettres, des catalogues d'été, des colis suspects...

Dans la petite mare, de l'autre côté de la voie ferrée, les têtards noirs sont nombreux. Ils nagent en bandes à travers les hautes herbes. Quelques macareux moines semblent perdus, très loin de l'île Bonaventure, à la recherche de leurs cousins. On les appelle «perroquets de mer» parce qu'ils jacassent tout le temps. Là-bas, il y en a un qui est blessé et qui ne peut s'envoler. Il sautille maladroitement sur une seule patte et son aile traîne sur le sol. Jean Dégarie s'approche de lui, observe le bec monstrueux de l'oiseau, «le dos noir, la poitrine blanche, les pattes et les pieds rouges, un collier de poils félugineux autour du cou, une rosette orange au coin du bec, des joues grisâtres et un cercle blanc autour de ses yeux triangulaires aux paupières vermillon».

Ce n'est pas encore écrit dans les livres.

Mais ça viendra un jour...

Le train est immobile en gare. Il crache sa lourde fumée noire. Hildège ramasse les sacs de malle qui traînent par terre et les dépose sur un immense chariot de fer. Philippe Lafontaine n'est toujours pas réapparu dans le détour. La petite fille aux yeux bleus et aux cheveux bouclés salue Jean Dégarie à travers la vitre du train. Elle lui sourit, lui envoie quelques doux baisers d'adieu. Parce qu'elle est paralysée comme l'oiseau multicolore au nez de polichinelle, elle ne débarquera jamais sur le quai de la gare.

C'est son histoire à lui de jeune enfant triste. Le macareux moine le console en se glissant sous son chandail. Il faudra lui redonner la joie de vivre, le soigner afin qu'il puisse un jour voler jusqu'à Saint-Julien-de-Bellevue et y porter les messages secrets de son cœur.

Extrait du journal de Lovanie Desgarris
Percé (Québec)

«Amérindienne d'ici et de là-bas, fille au rendez-vous, amoureuse le lendemain d'une nuit où sept étoiles auront filé ensemble dans le cimetière de Catel en Guernesey ou d'Anse-du-Cap en Gaspésie.

À faire rêver le temps, les hommes... Cette fille timide, luronne, toute belle, depuis la Tournasse ou Rose Bourgaise. Elle tricotera sur des canapés aux coussins de feuilles séchées et son amoureux, grisé d'odeurs de varech et de mer, tranchera morues, éperlans, harengs, fredonnera chansons et poésie sur thèmes inconnus, revivra dans l'aurore rustique les joies du cidre et jouera à son tour dans la comédie sociale et populaire de son espérance.»

Les pieds nus dans la rivière, Nicholas s'approche timidement de la femme qui se baigne. Une longue chevelure noire la recouvre entièrement. Il ne voit ni ses yeux ni ses lèvres. Ne perçoit son désir. Ne respire son parfum. Son cœur est secoué aux mille vents des tempêtes intérieures. Parce qu'elle lui a prodigué des soins particuliers dans la hutte près de la rivière, elle n'est pas farouche. Elle lave son corps dans la pureté de l'eau sous le pont Knox.

«Les diables à courte queue pourront folâtrer dans les greniers à foin, ils ne rompront jamais le charme de cette amante, future épouse et mère, guettant l'arrivée de l'être aimé, seul en mer très souvent, fredonnant une berceuse attentionnée aux nombreux rejetons, houspillant la maisonnée aux corvées de grandes lessives et trempant ses lèvres dans l'eau salée des jours heureux. Maison guernesiaise en Gaspésie, sans véritable ressemblance avec celles de là-bas. Les rideaux seront gais, la soupe fumera sur le poêle. Les enfants iront glisser jusqu'au pied des montagnes et des caps.»

L'instant d'un délire, ce sont toutes ces images qui se bousculent dans l'âme en devenir de Nicholas Desgarris. Le jeune pêcheur parti trop tôt sur des mers incertaines, la lune dardant ses rayons sur son visage... Il ne veut pas vivre l'amère déception, le choc du refus, ne veut pas que se répète l'aventure de Saint-Pierre-au-Bois où le cœur lourd, revenant de la chapelle du Catel, il avait rencontré une bergère qui était à son gré. S'était approché d'elle pour lui donner un doux baiser. Histoire fragile d'un pion du roy trop aventurier.

> *Brûlant d'embrasser comme il faut*
> *Poulette un peu récalcitrante*
> *Un pion revient de l'assaut*
> *Avec une lèvre sanglante.*
> *Que voulez-vous?*
> *Cette fille avait la dent «couelle»*
> *Car elle aimait jusqu'à la rage.*

Première émotion véritable partagée avec son ami Victor Hugo à la lueur frileuse d'une chandelle muette dans la petite chambre secrète tout en haut du sinistre escalier de la maison de Hauteville alors que chantonnait à haute voix Juliette Drouet, tout près de là, juste en face, dans son logis de tendresse.

Il ne savait pas ce qu'il faisait là-bas, ni à qui il s'adressait véritablement. Il ne savait pas qu'il ferait un jour partie de la littérature guindée des gens de Paris. Il était trop ignorant. Mais la mer le lui a appris, les épreuves l'ont forgé, le Bouddha de Percé l'a inondé de courage.

La Gaspésie lui a donné une raison de vivre et d'être quelqu'un dans son coin de pays.

Ici, sous le pont Knox, à quelques lieues d'Anse-du-Cap, il la laisse venir à lui, prendre les devants et le dévêtir jusqu'à la racine de l'âme. Les légendes sont cousues à sa robe qui sèche au soleil. Et lui, Nicholas, il la le cœur au brimbalet. Parce qu'il devient amoureux, l'été lui suggère mille pensées diverses dont les poètes font leur miel de chansons. Le curé aura beau déchirer la dentelle de ses aubes dans les ronces, il fera la conquête de Karen Tenass, cette jeune Amérindienne plus belle que toutes les sirènes de l'Atlantique. Et le jour de leur mariage, la soirée sera arrosée de cidre et le foin fraîchement coupé amènera les joyeux moisonniers de Percé et des alentours à se mirer dans les yeux de la «belle». Seul Nicholas pourra l'embrasser comme on étreint une gerbe.

L'événement fera la manchette des légendes et il demandera au Bouddha de l'écrire sur une écorce de bouleau et de l'envoyer à son ami Victor afin qu'il en cueille le nectar et en fasse à son tour le miel de sa poésie.

Chapitre X

Centre d'accueil de Tourneville
automne 1990, quelques semaines avant Noël

«Il n'a pas raison, Armand. Je ne suis pas responsable de la mort du Vieux Bouc. Il était si vieux. Cent dix ans... Il avait à mourir de sa belle mort et c'est ce qu'il a fait en toute connaissance de cause.

J'ai tellement d'autres sottises à me reprocher. Ces éternels déménagements, ces galipettes intempestives, ces fragiles comédies, pour ma gloire, pour la gloire des Dégarie et le déclin du monde...

Sornettes, Marie-Esther!

Je vais mourir bientôt, c'est évident. Noël n'y pourra rien. Je vais m'éteindre au printemps lorsque j'aurai accompli mon œuvre, celle de me retrouver près de vous tous, ma famille, mes enfants, celle de me réhabiliter aux yeux d'une société qui n'a rien compris de ma désespérance.

Déjà, quelqu'un attend pour prendre ma place dans le petit lit blanc avec vue sur la rivière du centre d'accueil Le Réconfort. Il se frotte les mains de satisfaction.

À Cap-Rouge, en 1963, après la mort du vieux Nicholas, je n'ai pas cessé de boire. Tu en avais assez, Marie-Esther. J'étais cruel, malfaisant, orgueilleux... Je tentais de réparer mes bévues en multipliant les tempérances. Je collectionnais les accidents, les fugues, les contraventions, les lettres recommandées, les déceptions, les pertes d'emploi, les convocations en cour, les grossièretés... Je me battais partout où je n'avais pas la chance d'avoir le dernier mot. Je hurlais mon désarroi tellement j'avais le désir qu'on me comprenne. Après la mort du Vieux Bouc, j'ai réalisé que j'étais né pour empiler les frustrations les unes par-dessus les autres.

À l'automne, nous sommes déménagés dans notre maison à Val-d'Espoir et nous avons vendu celle de Cap-Rouge pour une bouchée de pain. Ma mère n'a rien dit. Elle avait tellement invoqué le ciel et tous ses saints pour que je retrouve l'entrain d'autrefois. Une sainte femme, Angélique! Je ne la prierai jamais assez... La maison de Cap-Rouge a brûlé le jour où, à Dallas aux États-Unis, était assassiné John F. Kennedy. Je me souviens que ma mère a acheté un buste de plâtre du président défunt et l'a installé sur une tablette à côté de la Vierge Marie et de sainte Thérèse de l'Enfant-Jésus, un buste ridicule qui n'a pas hésité un seul instant à piétiner d'un solide coup de talon la symbolique légendaire et mystique du Bouddha perché là-haut sur sa tablette de bois à Percé.

Tu as, Marie-Esther, retrouvé ta grande maison de Val-d'Espoir, celle des nombreuses illusions, de nos premières années de vie commune, celle de nos véritables partages. Tu as redécouvert l'espérance. Moi, je me suis à nouveau rendu chez le curé du village et j'ai pris la tempérance avec un grand T, une tempérance frappée d'une foi à toute épreuve.

J'étais sincère. Trop sincère. Ça n'a duré que l'espace de quelques fausses promesses. J'ai signé de nouveaux contrats avec la commission scolaire, je me suis acheté un autobus neuf, j'ai continué de faire la malle rurale et j'ai bu. Tellement bu. Jusqu'à sombrer dans les délires les plus angoissants, à tomber dans les bleus, à ne plus reconnaître mes propres enfants, ma femme, à exiger d'eux qu'ils me servent comme un pacha, qu'ils croupissent de peur en m'attendant sous leurs couvertures d'hiver. Je ne rentrais pas, je buvais des gallons de boisson frelatée chez la mère Cloutier du rang 3, je devenais violent, irascible, vicieux... Je me croyais tout permis. J'avais le sentiment de dominer. J'achetais des bouteilles de boisson que je cachais partout derrière les bureaux et dans les garde-robes, je devenais hypocrite et hargneux, irresponsable.

Pendant des années, Marie-Esther, tu as tenu les rênes de notre quotidien. Deux enfants sont nés, nos deux derniers, une fille et un garçon. Je ne les ai pas vu grandir en Gaspésie. Souvent, lorsque je rentrais au petit matin, tu ne disais mot et tu t'assoyais dans un coin. Les enfants partaient pour l'école, les plus grands à Gaspé, les plus jeunes au village. Je restais couché des jours et des jours tant l'angoisse et le remords me tenaillaient et m'empêchaient de regarder la triste décadence dans laquelle je nous voyais sombrer jour après jour. Et je me relevais. Je me décrottais une contenance, mangeais un peu et me remettais au travail en soupirant. Les petits en profitaient pour sauter dans mes bras, tu retrouvais ta bonne humeur, les plus grands recommençaient à me parler...

Vous étiez onze dans notre grande maison de Val-d'Espoir à espérer que je redevienne l'homme d'autrefois et j'étais seul à vous gaver de désillusions.

Un jour, en Gaspésie, on ferma une dizaine de petits villages de l'arrière-pays et on parla de faire de même pour Val-d'Espoir. On voulut exproprier toutes les familles et les reloger dans des HLM à Grande-Rivière ou à Chandler. Une crisse de décision des fonctionnaires pansus, boutonneux et incompétents de Québec, une traînée de crottes séchées accrochées au cul du rapport diabolique du bureau d'aménagement de l'est du Québec...

Comme j'avais les nerfs à fleur de peau et le courage dans le fond des bottines, je me suis remis à boire, à boire toujours et plus que jamais, à me soûler jusqu'à tout perdre, mes autobus d'écoliers, ma malle rurale, l'estime de mes enfants. À tout perdre... l'honneur, la liberté, tout, tout... tout jusqu'à la simple décence.

Un matin de juin 1970, nous avons quitté notre grande maison de Val-d'Espoir. Nous l'avons donnée à des créanciers. Nous sommes partis pour Montréal, la bienheureuse ville, le Grand Montréal. Le camion branlant d'Oscar était plein à craquer de nos vieilles malles et de quelques meubles de famille. Les enfants semblaient heureux. Je n'ai regardé personne, ni les amis, ni les voisins, ni les autres... ceux et celles à qui j'avais livré des milliers de lettres et de colis durant près d'un quart de siècle; je ne les ai pas regardés tant j'avais le cœur écrabouillé par ma stupidité, tant j'avais les yeux pleins des larmes de ma lâcheté. Pourtant, tous, d'un bout à l'autre du rang, ils nous ont salués. À Percé, j'ai jeté un regard du côté de l'emplacement de notre ancienne demeure à Cap-Rouge. Il m'a semblé entendre les reproches de l'ancêtre Nicholas. Et lorsque nous sommes passés devant le vieux hangar de pêche à Percé, le Bouddha n'était plus sur sa tablette. Nous sommes arrêtés saluer ma mère Angélique à Douglastown, mon frère et ma sœur aussi... J'ai soudainement compris que je n'avais pas réalisé mes véritables projets et qu'il était maintenant trop tard. Je fuyais vers la ville où je savais que j'allais m'enterrer vivant avec mes frustrations.

Toi, Marie-Esther, tu n'as pas dit un seul mot du voyage. Tu n'as pas regardé en arrière. Tu as attendu patiemment qu'apparaissent derrière le mont Saint-Bruno les lueurs de la grande ville. Alors là, tu m'as dit :

– Hildège, je suis contente. On va recommencer à zéro en ville, hein? On va recommencer...»

Val-d'Espoir
de l'automne 1955 au printemps 1956

Ils y sont.

De retour au village chéri, enracinés à nouveau, baignant dans le lac des valeurs essentielles, sous le charme d'envoûtantes chimères, à la merci des illusions qui, trop souvent et sans que personne ne s'en aperçoive, brisent l'âme des peuples.

Oh! oui, ils y sont...

En chair, en os et en joues roses.

– T'as de si beaux enfants, Hildège!

– Qu'est-ce qu'on va faire du vieux Nico, mon mari? Y as-tu pensé? Ousque tu veux qu'on le mette?

– On va le... garder avec nous autres!

– Oui mais, y dépasse cent ans... Y est à moitié perdu, va falloir le surveiller tout le temps! Non, je pense que pour une secousse, tes sœurs pourraient faire leur part aussi!

– Mais y en a déjà une qui garde ma mère pis mon frère à Douglastown!

– Georgette, à Pabos, elle peut faire sa part?

– Elle enseigne, c'est pas mieux. Pis son mari est jamais là... Non, Marie-Esther, je pense que si on s'y met tous ensemble, on peut le garder, le vieux!

– Mais ousqu'on va le coucher? On a même pas de place pour nous autres!

– Je sais tout ça, Marie-Esther...

La maison de Cap-Rouge n'a pas été louée. Les fenêtres ont été condamnées, les portes barricadées pour affronter gels et poudreries du large. Seules quelques morues séchées ont achevé de pourrir sur les vigneaux le long des clôtures de perche. Le foin a envahi septembre, et les épilobes, comme partout ailleurs sur la côte, se sont tenus au garde-à-vous jusqu'à ce que les grands vents viennent les agiter.

Le curé de Val-d'Espoir et sa servante ont accepté de garder le vieux Nicholas au presbytère, le temps pour Hildège et sa femme de solidifier leur nouvelle entreprise.

Fleurette et Olivine ont donné un coup de main avant de monter sur le train et de se diriger vers Montréal où les attendent, depuis déjà quelques années, leurs vieux parents essouchés, d'anciens pionniers de l'époque de la colonisation en exil après vingt-cinq ans de durs labeurs sur une ferme pourtant fertile, arrivants d'autrefois en partance pour l'aventure du milieu des années 50, celle de faire fortune dans l'univers moderne de la grande métropole.

Les meubles ont été déménagés. La vieille maison contiguë au restaurant est mal éclairée, trop petite, déjà si froide lorsqu'il pleut. Les enfants couchent au-dessus du restaurant. C'est pêle-mêle là-haut. Les boules de billard traînent partout et il n'y a pas de toilettes. Il faut nettoyer le restaurant, gratter la plaque de cuisson, astiquer le juke-box, frotter la tuile, réparer le tapis vert de la table de billard, repeindre les murs, rafistoler les cabines, acheter du matériel neuf, commander, superviser...

«Il est interdit de prendre des boissons alcoolisées dans cet établissement, par ordre.»

Là-dessus, Hildège est inflexible. Il n'a pas pris une seule goutte depuis déjà plusieurs années. Le restaurant lui donne l'occasion de cracher sa fierté à la face d'une population qui a trop souvent médit sur sa famille, celle des Dégarie d'Anse-du-Cap et du pont Knox. Il affiche avec satisfaction l'air désinvolte d'un homme qui a réussi pendant qu'il colle une demi-douzaine de pancartes sur les murs du restaurant, à l'extérieur aussi...

«Par ordre.»

Marie-Esther s'est habituée. Elle a retroussé ses manches et s'est attelée à la tâche. C'est un temps nouveau. Impossible aventure que la restauration dans un village de colonisation en Gaspésie, là où il n'y a jamais de touristes parce qu'ils filent la tête droite jusqu'à Percé, là aussi où les jours passent au rythme de l'imprévisibilité des saisons. Il n'y a que son homme, Hildège Dégarie, pour se mettre dans pareil pétrin.

Les enfants vont à l'école. Le soir, ils fouillent sur les tablettes, avalent chocolats et bonbons sucrés, deviennent rapidement les rois et maîtres des lieux. Là-haut, c'est une partie de plaisir. Les filles à gages se succèdent au rythme des étoiles filantes dans le ciel. Personne ne peut résister à l'envahissement des lieux par une bande de petits monstres aux joues roses et aux narines bourrées de crème glacée.

Huit enfants bruyants, quelques-uns aux couches, le sourire aux lèvres... Hildège est toujours parti travailler, la malle rurale, la gare de Percé, les nombreux voyages de taxi, toujours pour dépanner, jamais une cenne... «la charité s'il vous plaît!»... «à condition qu'il n'y ait pas une goutte de boisson dans mon snow!»... Il ne cesse de courir les grands chemins, de crier les bingos du village, de ramasser encore et toujours des cadeaux ici et là chez les marchands essoufflés le long de la côte de Chandler à Gaspé. Tout le monde du «monde gaspésien» connaît Hildège Dégarie. Il est aimé de tous, apprécié pour ses qualités d'organisateur. Il est généreux... Son restaurant est noir de monde du matin jusqu'au soir. Pas une goutte d'alcool... par ordre. Marie-Esther pète le feu, les enfants pètent tout court, les hamburgers sont les meilleurs au monde, les pâtisseries maison, Noël est comme toujours féerique, le bonheur est revenu sur terre :

«Mon cœur est froid
Mais je t'aime bien quand même
Car tu m'as dit
Être mon grand amour
Tu seras toujours
Ma douce petite reine.
Dans mon cœur,
Tu resteras toujours.»

– Madame Dégarie, je peux-tu acheter le record qui joue dans le juke-box?

– Tu sais ben que je peux pas te le vendre!

C'est Gérard Lafontaine, le frère de Philippe, qui veut acheter le disque à tout prix. «Mon cœur est froid», une chanson qui tourne cinquante fois par jour et que tout le monde fredonne en faussant à qui mieux mieux. Le succès de l'heure. Tout comme «... À qui le p'tit cœur après neuf heures».

– Je vais vous le payer le double du prix!

– Je peux pas.

– Quatre fois le prix d'abord!

Marie-Esther se laisse tenter. Ce n'est pas courant. Elle ouvre le juke-box et en extirpe difficilement la précieuse galette musicale qu'elle remet à Gérard non sans quelques remords intérieurs :

– Merci, Madame Dégarie. Vous êtes ben fine!

Et Gérard pète le record sur son genou. Les morceaux de plastique revolent aux quatre coins du restaurant et quelques-uns vont parsemer le tapis vert de la table de billard...

– Parfait! C'te chanson-là nous cassera pus les oreilles!

Le temps d'un hiver rude, d'une panne d'électricité de deux semaines, de quelques sets carrés bien placés et d'une chaleureuse atmosphère, Hildège a vite repris une place importante dans le cœur des villageois. Son enthousiasme lui a permis de s'intégrer à une communauté de braves gens toujours prêts à s'entraider. Le bonheur de la famille n'a pas périclité, au contraire... Marie-Esther a retrouvé une joie de vivre rarement égalée, les enfants ont fait un tapage monstre. Ils ont bulldozé les murs et les plafonds, fouillé dans les tiroirs secrets, chambardé les hangars et les dépenses. À Noël, Marie-Esther n'a jamais pu retrouver les rois mages qu'elle avait pourtant, l'année précédente, si bien emmaillotés dans de la ouate fraîche...

Jean regarde à travers une trappe à chaleur. Il roule dans sa bouche un énorme crachat vert de bronchite oubliée, une boule gluante qu'il va laisser tomber directement sur la tête d'un client nerveux collé sur sa blonde dans une cabine du restaurant, un jeune blanc-bec sans expérience et fort mal éduqué qui tète gloutonnement une bouteille de coke en rotant après chaque gorgée. Et parce qu'il a sa main dans les affaires secrètes de sa blonde, le client ne dira pas un mot et le crachat va finir par s'agglutiner aux cheveux déjà si brillants de l'amoureux terrorisé.

C'est comme cette histoire de «pot de chambre». La maison n'a pas de salle de bain, c'est peut-être terrible pour les adultes qui se sont habitués au confort de la toilette à manette, mais les enfants s'en accommodent fort bien, à tel point qu'un bon matin, le contenu nauséabond se renverse sur le plancher du deuxième étage, file son chemin jusqu'aux tablettes bourrées de paquets de cigarettes, de pipes, d'allumettes et de boîtes de papiers-mouchoirs, et glisse derrière le réfrigérateur de crème glacée...

«Le temps des Fêtes est arrivé!»

Marie-Esther en a plein les bras, mais elle se sent heureuse et remplie d'énergie. Elle abat cette besogne le sourire aux lèvres, en chantonnant presque... Elle aime ce travail de restauratrice improvisée qui lui donne des airs importants de grande tenancière d'hôtel gaspésien à Percé. Les enfants ne s'en sont jamais autant donnés à cœur joie. Le paradis au ciel ne peut être plus délicieux que ce paradis sur terre bourré de bonbons multicolores, de tablettes de chocolat, de collections de bouchons de bouteilles de liqueurs de toutes les saveurs, de boîtes pleines de surprises, de galops à dos de cheval et de clients chambranlants, de parties de billard sur le tapis vert de la joie secrète, de glissades avec les cousines curieuses de tout, de cachettes secrètes et de tiroirs bourrés de mystères.

À l'école, c'est merveilleux. Le chien Baba, complète-
ment dépaysé depuis le déménagement de la famille en ce
coin de Gaspésie, dort à longueur de journée derrière le
vieux séparateur à lait dont Hildège ne veut pas se dépar-
tir. Jean a dompté Padey, le chien fidèle, à venir les chercher dès la fin des classes. C'est simple... Aussitôt la première cloche, la servante Noëlline, une femme extraordinaire, solide et «mamelonnée», abandonne ses fricassées de
cuisine pour atteler le chien au grand traîneau. Aussitôt dit,
aussitôt fait... Le fidèle colley se lance alors à pleine épou-
vante jusqu'à la porte de l'école où l'attendent fébrilement
une trâlée de jeunes enfants gâtés, la morve au nez, l'estomac dans les talons, tout fringants à l'idée de dévaler, cul
par-dessus tête, la longue côte du couvent jusqu'aux délices des assiettes alignées sur la grande table de la petite
cuisine attenante au restaurant.

Une véritable usine de production pour Marie-Esther
qui se paye quotidiennement le plaisir de voir à la bonne
marche du restaurant ainsi qu'au train-train quotidien. Elle
peut compter sur une servante en or qui sait prendre les
initiatives propres au bon déroulement de la maisonnée.
Hildège est toujours si occupé, du matin au soir. Il passe
en coup de vent attraper au vol un paquet de cigarettes,
embrasser le bébé, tousser quelques vocalises, changer la
batterie de son *snowmobile*... Comme il aime gâter ses enfants, il a de quoi être comblé. Les tablettes sont remplies à
craquer, la cheminée fume et son compte de banque... bah!
Bof!... Après tout... Il s'en occupera plus tard, du compte
de banque!

Les enfants s'ennuient quand même du Vieux Bouc.
Ils n'ont la permission de le visiter que le dimanche après-
midi, de deux à trois heures. Le curé s'enferme alors dans
son bureau et les enfants virent le saint lieu à l'envers en
grimpant sur les épaules du vieux, en dévalant quatre à
quatre les marches du long escalier conduisant au

deuxième étage du presbytère ou en martelant les notes du vieux piano. Hildège se gourme avec fierté. La servante grogne en offrant le sucre à la crème, mais le curé ne dit rien. Il sait trop bien reconnaître la valeur de cette vache à lait providentielle qu'est Hildège Dégarie, un homme de cœur qu'il exploite sans bon sens pour la gloire de Dieu et le salut du monde... et peut-être un petit brin pour sa gloire de prêtre opportuniste et bien ventru dans sa «chaire».

À l'occasion, Philippe Lafontaine vient faire son tour au restaurant. Mais Jean Dégarie se méfie et ne veut plus rester seul avec lui. Il demande à Simone de l'accompagner, ou encore aux cousines curieuses, aux voisins tapageurs, à Noëlline la «mamelonnée» en qui il a grandement confiance. Justement, il a failli en parler à son père lors de la dernière visite au presbytère. Il était seul avec lui... l'occasion s'est présentée... mais la gêne... les feux de l'enfer... Comment se confesser d'une faute aussi grave? Certainement non. Il ne veut plus jamais se retrouver seul entre les pattes crasseuses, gluantes et poilues de son cousin... Mais c'est difficile. Philippe Lafontaine a la tête farcie de plans diaboliques et les poches bourrées de surprises irrésistibles... C'est difficile. Et s'il fallait que le curé se mette dans la tête de connaître les croustillants détails de leurs galipettes secrètes! Et s'il refusait de leur donner l'absolution! C'est bien ça... Ils iraient cuire en enfer tous les deux, le grand Philippe avec... pour le reste de l'éternité à se faire... Mieux vaut garder le secret dans sa «tête d'enfant»...

Il ne pense plus à la petite fille aux yeux bleus et aux cheveux bouclés. Il passe une année de rêve à Val-d'Espoir entre ses tablettes de chocolat et sa collection de bouchons de bouteilles de liqueur. Il a oublié la maison de Cap-Rouge. Personne d'ailleurs ne s'ennuie de quelque promontoire que ce soit le long de la côte. Le paradis du restaurant est si douillet, le printemps trop merveilleux... Les fleurs poussent partout dans les clairières. Ce n'est même pas encore la fin d'avril et déjà la neige a fondu :

– Je vous le dis, les enfants, y fait pas mal plus chaud à Val-d'Espoir qu'au bord de la mer au printemps. Depuis le temps, j'avais oublié, c'est ben simple!

On voit toujours plein de monde au restaurant après la messe du dimanche. C'est désennuyant, comme le dit si bien grand-mère Angélique quand elle vient faire son petit bout de visite. Monsieur Jean achète son éternel cornet de «crèmaglace» à trois couleurs et à deux boules, la vieille Séraphine du rang 6 que personne ne voit jamais arrête placoter un brin avec Marie-Esther, les jumeaux Chouinard attaquent leur sacro-sainte partie de «pool» dominicale et Madame Aupin arrête quelques minutes, question de vendre à l'encan ses tapis tressés avec la guenille des jours de misère.

C'est plein à craquer de onze heures à midi.

Un bon matin, Jean sait que ça va se terminer. Il surprend une conversation entre son père et le vieux propriétaire du restaurant, un homme riche, bourru et sévère, qui veut les mettre dehors.

– Tu t'arranges ben, mon gars!

– Pas pire pantoute.

– Tu réussis à faire toutes tes affaires malgré le restaurant?

– C'est en plein ça. Pis le restaurant marche numéro un!

– Euh! Hildège, tu sais... t'as signé un bail pour un an seulement. Ben... je pense que je le renouvellerai pas. Mon garçon Phydime aimerait prendre le commerce avec sa famille, tu comprends ça...

– Y voulait rien savoir du restaurant l'année passée, votre gars, comment ça se fait que cette année...?

– Cette année, c'est comme ça, c'est tout!

– Vieux crisse de chien sale de bonhomme Plourde à marde! Tu vas ben tordre les cennes noires jusqu'à ta mort!

– Fais attention à ce que tu dis, Hildège Dégarie!

– Faites ben attention à ce que vous faites, vieux calvaire!

Hildège ne blasphémait jamais. Il ne s'est pas remis à boire. Comme la grande maison de Val-d'Espoir était toujours louée à des gens de bonne amitié, Hildège n'a pas voulu les en déloger. Il a respecté sa parole.

Qu'est-ce qui les condamne tous à retourner à Cap-Rouge? Il n'y aura que le retour du Vieux Bouc, rien de plus. Pas de véritables surprises, rien d'autre que les grands vents du large, les interminables poudreries d'avril, les odeurs de morues séchées et les cris désespérés des macareux moines et des goélands voleurs.

À ce qu'il paraît, rien n'a vraiment changé là-bas...

À la fin du mois de juin, la famille Dégarie est allée dépoussiérer les planchers et les murs de la maison de Cap-Rouge, Marie-Esther n'a rien dit et le Vieux Bouc a retrouvé ses appartements et ses odeurs de morues séchées.

Journal de Lovanie Desgarris
Percé (Québec)

Karen Tenass n'a pas vécu longtemps. Elle est morte en couches avec son bébé et des douleurs à pourfendre les caps et les falaises en soir de tempête. Nicholas l'a ensevelie dans sa robe rouge bourrée d'étoiles obscures comme l'infini de son deuil. À ses côtés, dans la même longue boîte de bois d'épinette, un bambin aux joues bleues et aux yeux dont il n'aura jamais vu ni la profondeur ni l'éclat.

Il en a eu le cœur crevé pour ne plus jamais s'en remettre et durant quelques années, il s'est enfui très loin dans la forêt, chasser et trapper, l'œil aux aguets des folies meurtrières du destin,

Nicholas le grand, Nicholas de Saint-Pierre-au-Bois... Il venait de perdre sa raison de vivre. Et c'est dans la chanson de la mort qui est venue le rejoindre sur sa couche de branches d'épinettes, les branches de l'arbre ayant servi à la confection du dernier carrosse royal de sa princesse... c'est dans cette chanson qu'il a déniché le réconfort des paroles toutes crues venues de l'intestin, cette merde de nature humaine transformée en fumier...

> «Tout le monde pue, pue, pue
> Comme une charogne
> Gniaq, Gniaq, Gniaq,
> Mon Doux Jésus
> Qui ait l'odeur bonne!»

Trieurs de foies, trancheurs, décolleurs, laveurs, piqueurs... Le mariage, c'est pour faire des enfants. Mes cauchemars sont bourrés de souris jaunes et vicieuses et d'affreux poissons. Les souvenirs encrassés des doris portugais à fond plat transportant les exilés jusqu'en précieuse Acadie...

Et quelque part une douleur infinie.

Gniaq!

Devant pareille catastrophe et pour survivre, c'est bien certain, il oublia les traditions des Micmacs et voulut respecter celles de son île d'origine. Il interjeta une Clameur de Haro en s'adressant directement à l'esprit de Rollo, ce premier duc de Normandie que tout le monde, à Guernesey comme à Jersey, Sark et ailleurs aussi, avait l'habitude d'implorer.

Un matin d'hiver, comme s'il était toujours là-bas, il abandonna sa hache et autres outils de travail dans la forêt sans crainte d'être volé. Il était perdu au cœur des Shicks-Shocks après deux hivers de traînées de poudrerie lorsque l'espoir renifla de son côté.

Il était temps d'oublier et de recommencer :

«Je Vous Commande au nom de Dieu et du Roy de conjurer ce sort & en même temps, je vous interjette une Clameur de Haro!»

Selon la tradition, il devait y avoir deux témoins. Nicholas en appela à la mémoire de sa douce Karen et du petit Joseph Eddy qui aurait certainement été un ange de pureté s'il avait vécu. Ça faisait maintenant deux ans.

Il choisit de sortir de la forêt à la fin de l'hiver et de revenir à Percé. Un terrible verglas avait semé la désolation dans la région. Les Guernesiais d'origine priaient ainsi, les autres, les Lenfestey, les Bourgaise, les Renouf :

«Ô Verge de mon Dieu! Que tu as pesé fort sur nous pour nous mettre dans un si grand étonnement et tant dans l'épreuve, pour nous donner tant d'occupations, pour faire sortir tant de paroles de nos bouches, pour mettre tant de pensées dans nos cœurs et pour apporter tant de troubles et d'agitations dans nos esprits. Ça été les arbres ô mon Dieu! que ta verge a frappés et qu'avaient-ils fait pour que tu les aies ainsi châtiés? S'étaient-ils rebellés contre toi? T'avaient-ils offensé? Non. Et pourtant, nous les avons vus humiliés sous ta puissante main, tellement qu'ils se sont abaissés jusqu'en terre et tu les as brisés et couché un grand nombre par terre qui ne se relèveront jamais.»

Et lui, Nicholas Desgarris, il a ainsi dirigé sa prière :

«Ô! Qu'elle a été pesante cette verge quand elle m'a frappé comme elle a frappé les arbres! À quelles épreuves elle m'a mis! À quelles douleurs! À quels cris et à quelles lamentations!»

Il se souvenait encore de la saveur des lèvres de sa princesse amérindienne.

Trieur de foies, laveur, décolleur, piqueur... Des tâches précises au cœur de l'été pour l'homme blessé, désespéré.

«Karen Tennas de la légende, des flots et des tumultes de l'âme, fille de la forêt où tu reposes jusqu'à ce que j'aille te retrouver en jour de délivrance, où tu te mêles aux racines des grands cèdres et à l'âme des souvenirs, où tu redeviens poussière comme il est écrit et où aussi la chair de ma chair désespère de retrouver un souffle de vie, où tu te reposes jusqu'au grand éclatement divin! Ô Verge de mon Dieu!»

Lorsque l'automne descendit sur la pointe gaspésienne et que les heures se mirent à s'obscurcir, Nicholas épousa Juliette Collin, une benoîte et prude demoiselle d'Anse-à-Beaufils.

Chapitre XI

Centre d'accueil de Tourneville
entre Noël 1990 et la mi-avril 1991

«On n'a rien recommencé du tout.

Val-d'Espoir est toujours sur la carte et, en ville, faute de caresser mes enfants, j'ai nerveusement rongé mon frein en faisant sauter ma tasse de thé sur mes genoux... Incapable de trouver un logement convenable pour une aussi grosse famille de Gaspésiens déracinés, j'ai dû me contenter de deux petits appartements collés l'un sur l'autre quelque part à Montréal-Nord avec, entre les deux, un impitoyable corridor. Les plus vieux couchaient dans l'une des cuisines, les autres dans les chambres et salons. C'était quelque part dans le temps de la Crise d'octobre. J'ai couru les petites jobs mal payées un peu partout aux quatre points cardinaux de l'île de Montréal. Et comme nous habitions non loin d'une taverne (il y en avait à tous les coins de rue), je me suis bien vite ramassé sur le BS à boire vingt-quatre heures par jour, à me raconter des histoires à faire peur aux ancêtres guernesiais, des histoires sales de gars en exil.

Marie-Esther! Je ne saurai jamais ce qui se serait véritablement passé si nous étions demeurés en Gaspésie, si j'avais relevé mes manches et si j'avais pu réussir à m'en tenir à une seule tempérance, celle de mes responsabilités.

Nous avons vécu en ville durant huit ans avant de nous séparer. Pour toi et les enfants, c'était l'enfer. Les plus vieux étaient mariés, accotés ou encore célibataires. Il ne servirait maintenant à rien de le cacher, je vous en ai fait voir de toutes les couleurs. Vous avez vécu des heures d'angoisse et de terreur. Et plus souvent qu'à votre tour, les plus jeunes et toi, vous vous êtes enfuis par les fenêtres de nos trop nombreux logements. Après vous avoir menacés de tous les fléaux de la terre, je me barricadais dans l'appartement. Ivre mort, j'étais le roi de la déchéance. Vous vous êtes si souvent cachés chez Jean ou Simone, ou encore chez tes parents. Heureusement qu'ils étaient là, eux, pour compenser un peu, pour redonner un espoir à ta vie. Toi que j'aimais tant, voilà que tu avais les yeux creux, le souffle court, tu étais blanche comme le cadavre frais d'une mouette sur un trottoir de béton. Et tu ne disais rien. J'étais le tyran que tout le monde craignait et à qui personne n'osait parler. Quand plus rien ne fonctionnait à mon goût, je me permettais de frapper ou de démolir autour de moi. Oh! oui, c'était l'enfer pour toi et ce l'était pour moi aussi. Puis, lorsque j'étais dégrisé après avoir dormi des jours et des nuits, je te téléphonais et te promettais de ne plus jamais recommencer. Tu revenais par la grande porte en tenant nos deux plus jeunes enfants par la main. Deux frimousses innocentes... Je ne pourrai jamais leur demander de me pardonner tout le mal que j'ai pu leur infliger. Il n'y a jamais eu de pique-nique pour eux, jamais de promenades en voiture, de balades à la gare, de taquineries saines. Ils ont rarement eu la chance de me connaître à jeun, souriant, fort et dynamique comme je l'avais été en Gaspésie à une époque merveilleuse qui ne voulait pas quitter mon esprit. Je me revoyais toujours là-bas, après la messe du dimanche, le long d'une rivière ou près du rocher Percé, une ribambelle d'enfants tapageurs accrochés à mes genoux, qui pataugeaient dans le bouillon de la dinde et qui lançaient des cailloux pour faire peur aux goélands.

Le véritable enfer.

Lorsque tu as pris la décision de te séparer de moi, je sais que tu as pleuré longtemps. Tu as voulu sauver le reste de la famille. Et puisque cet enfer, nous le vivions ensemble, tu as choisi de m'y laisser seul. Tu as bien fait. Avec ou sans vous, j'étais toujours aussi malheureux. Il n'existait rien d'autre que la froidure d'une vie morte. Je regrettais la Gaspésie, je ne savais plus où aller. J'ai longuement vagabondé dans les rues. Je me suis déniché un appartement miteux à vingt dollars la semaine, j'ai dormi dans les parcs, je me suis bourré de pilules...

Il y avait toujours un enfant pour me ramasser, me ramener chez lui. Je redevenais rapidement quelqu'un, puis je volais une bouteille de cognac que je buvais en cachette. Je retournais dans les bars, je tombais dans les escaliers... Je me suis cassé le nez, rompu les os... J'ai piétiné mon amour-propre, je me suis enfui des centres d'hébergement que vous finissiez toujours par me dénicher. Je n'y restais que deux ou trois jours. Je suis même retourné en Gaspésie chez mes sœurs. J'y ai foutu le bordel à maintes reprises. Il n'y avait que ma vieille et somnolente sainte mère qui, à la toute fin de sa vie, savait me supporter sans broncher. Tout le monde a toujours dit qu'Angélique m'a trop gâté lorsque j'étais petit...

Je me battais avec mes beaux-frères, puis je revenais en ville. Tu m'invitais quelquefois à prendre une soupe ou un morceau de pain. J'ai même couché chez toi à l'occasion. Oh! oui, tu étais belle. Depuis que je n'étais plus là, tu avais repris tes couleurs et, assise près de la grande fenêtre du salon, tu tricotais comme tu le faisais à Cap-Rouge ou à Val-d'Espoir. Tu n'avais plus l'air de bouder. Tu chantonnais silencieusement en te berçant...

Un jour, je suis tombé malade et on m'a placé au centre d'accueil Le Réconfort de Tourneville. Ça doit bien faire mille ans maintenant. Il y a belle lurette que mon père Armand et sa coureuse d'Émilie ne sont pas venus me visiter. Ils vont réapparaître un bon matin, je ne suis pas inquiet.

Ça doit bien faire mille ans! Mille ans... Dieu merci, je n'y suis plus pour longtemps!

... pour longtemps...»

Il n'y est plus pour longtemps. Mais ça finit quand même un jour, c'est inévitable. Et il en est là, Hildège. Allongé sur le grand lit étroit, aux roulettes bloquées, dans une toute petite chambre du centre d'accueil Le Réconfort donnant sur la rivière de Tourneville. À soixante-quinze ans, on lui a immobilisé le bras gauche, son bras infirme, dans une prothèse rigide pour tuer les spasmes qui s'infiltrent d'une façon démente partout en son corps, mais surtout dans son bras gauche, et on lui a enveloppé la main droite dans une grande mitaine blanche pour éviter qu'il se blesse.

Voilà déjà un bon moment qu'il devrait être mort, mais il est là, vivant, qui respire toujours... difficilement... et grimace quelquefois. Il est toujours là, fragile et squelettique... il n'en a plus pour longtemps.

«Je vais mourir, Armand. Oh! je sais... Tu te caches dans un coin de la chambre. Nous serons à armes égales. Je respire si difficilement... En ce moment, à mon chevet, alors que je me suis infiltré dans un coma dont je ne sortirai plus, ils me veillent tous, les miens, mes enfants, Jean, Simone et les autres... et le jeune Francis que je n'ai pas bien connu. Oh! oui, Armand, mon père... J'aurais besoin que tu viennes éponger les sueurs qui couvrent mon corps, mais tu flottes comme un fantôme inutile entre les quatre murs de la chambre. Marie-Esther ne viendra plus. Elle m'a dit adieu ce matin. J'ai essayé de lui dire que je regrettais, que je partais en paix... pas un mot n'est sorti de ma bouche. Mais mon regard a une dernière fois fait l'amour avec le sien et je sais qu'elle a compris. N'est-ce pas qu'elle a compris, Armand, mon père? Et toi, le Vieux Bouc, caché derrière la porte? Je vous ai vus. Allez! Ne badinez plus avec ma vie, je suis prêt...

Je me suis réconcilié avec tous les autres... Vous êtes venus comme je l'ai désiré. La mouette est sur le rocher, le macareux moine, le guillemot commun et les goélands farfelus... et le cormoran aussi... Les dessins de l'artiste racontent des histoires qui flottent sur les pages du calendrier... Je veux être enterré dans la vallée de l'espoir... tu m'as entendu, Jean? Dans la vallée de l'espoir... de l'espoir... *Vallis Spei!*

Percé
de 1956 à 1963

Essoufflé au cœur de sa vie et secoué par les murmures du temps, Hildège aurait pu passer sept années de vaches grasses si les prédictions des tireuses de cartes de Cannes-de-Roches n'avaient pas été aussi sombres. Ces femmes n'ont d'ailleurs jamais hésité à ouvrir leurs portes aux cancans des touristes comme à ceux des curieux de la place. Elles ont si souvent crié des vérités aux oiseaux de la mer qu'elles en sont devenues célèbres d'un seul coup de baguette invisible, ces femmes. Des artistes les ont sculptées dans le roc et les caps tout près de l'anse aux Bigorneaux. Il suffit, pour les apercevoir, de marcher le long de la côte, à l'aurore, lorsque le soleil frappe les escarpements finement ciselés à quelques lieues du pic de l'Aurore. Et parce que les sorcières marines ont vu et prédit des anecdotes qui se sont rapidement incrustées dans les légendes, il faut constamment surveiller les marées pour ne pas rester coincé quelque part dans les replis des parois rocheuses.

C'est comme ça, à Cannes-de-Roches.

Hildège n'a pas échappé aux prédictions. Depuis qu'il est haut comme trois pommes et malade comme un chien que les dames de Cannes-de-Roches le connaissent et l'auscultent, le préviennent, le devinent, le reniflent et l'orientent sans réussir à distinguer quoi que ce soit au bout du tunnel de sa destinée de Gaspésien. Elles sont toutes de grandes amies d'Angélique : Philomène la muette, Adéline et ses tapis crochetés, Omérine avec ses dessous en flanellette et Henriette la démone... Hildège les connaît trop bien. Elles ne le lâchent plus d'une semelle. Toujours prêtes à écornifler dans leurs tasses de thé, à lire dans les lignes de la main... Toujours prêtes à prédire, prédire...

— Tu devrais pas passer sur ce pont-là, Hildège, quand tu vas te rendre à Gaspé! Je vois une grosse croix noire dans le fond de ta tasse...

— Le neuf de pique est à côté du dix de carreau, mon garçon, c'est pas un bon présage!

— Je l'avais vu l'année passée, moi, Omérine, dans les marionnettes du temps, que les Dégarie feraient pas vieux os avec leur restaurant!

— C'est mauvais signe pour ses poumons, trois as virés à l'envers un vendredi 13, Adéline! Ben mauvais signe...

Hildège a repris la routine du quotidien, la malle rurale, l'aller-retour à la gare, les bidons de crème à la beurrerie, les quêtes multiples, les pompes funèbres, les voyages de taxi en hiver et en été, les messes chantées, lues, toussées... le cercle Lacordaire, la ligue du Sacré-Cœur, ses enfants chéris, le Vieux Bouc et les couleurs nouvelles sur les joues de Marie-Esther. Elle n'a plus à supporter la lourde responsabilité d'une aventure farfelue. La réalité s'est chargée d'en aviser son époux pendant qu'il en était encore temps.

Un vide angoissant s'est installé au creux de l'âme d'Hildège, et des quintes de toux saccadées ne le lâchent plus. Le restaurant, c'était à la fois un rêve et un piège. D'accord, il se serait ruiné. Les enfants auraient pigé dans la caisse et tout dépensé. C'est mieux ainsi. Le Vieux Bouc serait mort d'ennui au presbytère de Val-d'Espoir et, avec les années, la famille se serait gâtée comme les pommes abandonnées dans un champ sous la pluie. Il aurait alors été impossible de contrôler quoi que ce soit. Le commerce aurait croulé sous d'effroyables dettes.

Le retour au cap Rouge s'est fait machinalement. C'est comme si les Dégarie n'avaient jamais déménagé. Marie-Esther a de quoi s'occuper, huit enfants joufflus qui grandissent à vue d'œil. Depuis qu'il a séjourné au presbytère de Val-d'Espoir, le vieux Nicholas oublie de s'enfuir. Les villages des alentours sont à leur déclin; on abandonne veaux, vaches, cochons, on déserte les terres pourtant fertiles de l'arrière-pays, l'école d'agriculture sera transférée dans un village prospère de la baie des Chaleurs. Parents et amis filent vers le Grand Montréal en quête de richesses, de coiffures à la mode et d'automobiles flamboyantes. Les mains dans les poches, la cigarette au bec, finies les folies, les misères et les morues sèches! Au diable les grands vents du large, les poudreries d'avril et les froids de cormoran! À l'instar de leurs cousins déjà moulés aux manières de la ville, ils reviendront péter de la broue à ceux qui seront restés, les bretelles trop longues et les culottes flottantes :

– Je peux pas croire, tabarnaque, que j'ai déjà été assez niaiseux pour crever de faim icitte, en Gaspésie, moé, Tommy Boudreau d'Anse-à-Beaufils...

Les hivers de la fin des années cinquante sont secoués par d'épouvantables tempêtes enchifrenées de fortes poudreries. Les froids se font malicieux et Hildège s'épuise à «jouer à la charrue» afin de remplir fidèlement son mandat de postillon d'une Majesté bien au chaud dans son palais de Buckingham. Au début du printemps, il doit pelleter le rang 7 au grand complet, le pire avec ses côtes et ses ravins, celui qui mène directement au bout du monde, dans l'enfer d'un petit village de colonisation qui agonise et toussote sa désespérance. Afin de dégager l'engin à chenilles enlisé jusqu'aux hublots, Hildège et un voisin charitable creusent à la pelle un impossible corridor dans la neige fondante et abattent des dizaines de sapins qu'ils jettent dans le *snowmobile*.

Trempé jusqu'aux os après quatorze heures d'un épuisant travail de titan, Hildège prend le lit, deux jours, trois...

Il tousse à s'arracher les poumons. Marie-Esther s'empresse et s'agite, ça pue la fièvre et les tourments. Les carnets de banque sont vides depuis longtemps. Quatre jours, cinq... Des plaques rouges apparaissent sous les yeux du malade. Jean est au séminaire. Il ne devine rien de la douleur des Dégarie. Le reste de la famille se tortille nerveusement les mains et les tripes. Six jours, sept... La garde-malade de Val-d'Espoir, puis le docteur Coulombe, diagnostic, prescription, quelque chose comme une plaie sur un poumon, ou une pleurésie mal soignée. Tuberculose? Contagion? Huit jours, neuf... Les factures s'empilent sur la commode de la chambre, des comptes qu'elle n'a jamais soupçonnés... Criblés de dettes, dix, onze...

C'est l'évidence.

Hildège Dégarie ne sera plus jamais le même. Au début du printemps 1961, il entre pour deux ans au sanatorium de Gaspé.

C'est bien sûr que tu l'as abandonné, toi, ô Bouddha maudit! Tu pues l'arrogance sur ta tablette de bois en face de ton hangar de pêche. Les guillemots communs te tournent autour et tu ne cherches même pas à prendre des nouvelles de ton fils de Percé qui se languit dans une véranda frigorifiée du sanatorium de Gaspé.

C'est bien sûr que tu l'as abandonné...

Les années qui ont suivi se sont moulées aux intempéries des saisons et à l'imprévisibilité des événements. Les enfants Dégarie se sont rapprochés des odeurs du varech, les vieilles habitudes se sont collées aux vagues de la mer et le rocher s'est fièrement redressé l'échine pour indiquer au reste du monde qu'il lui était toujours possible de fendre la mer comme le bateau cabalistique de la légende de Blanche de Beaumont.

Jean voltige au-dessus des années comme les oiseaux de l'île Bonaventure qui ne cessent de venir piailler autour de la maison. Des nuées de fous de Bassan ont dessiné une dentelle frisottée de grandes fleurs blanches dans un petit rocher derrière la maison de Cap-Rouge. On pourrait croire qu'une neige éternelle s'est collée aux anfractuosités de ce caillou géant. La maisonnée a pris racine autour du Vieux Bouc qui a retrouvé, avec son retour au bercail, un coup de jeunesse et de bon temps. Il raconte des histoires oubliées de son pays d'origine et se rappelle certains poètes et des aventures soudaines qui surgissent comme ça, question de se tenir en forme. Il parle de Victor Hugo. Hildège a renipé l'extérieur de la maison délabrée et bricolé des jalousies vertes qu'il a placées de chaque côté des fenêtres de la maison. Ça attire les regards des passants. Marie-Esther a découpé à la scie dans des plaquettes de bois des formes audacieuses, des silhouettes de sorcières et de paons fiers qu'elle a peints en noir. Hildège a rafistolé les vieux traîneaux oubliés dans le hangar. Les enfants se plaisent à dévaler les côtes en hiver et tout le monde s'ennuie des galipettes trépidantes et des chansons de cowboy qui remplissaient les cœurs au restaurant de Val-d'Espoir.

Les enfants vont à l'école à Percé, sur la rue du quai tout à côté du cimetière. Ils se sont habitués aux accents des fils et des filles des pêcheurs de la côte. En été, ils franchissent la longue distance de Cap-Rouge à Percé, et en hiver, c'est quelquefois le chien qui les y conduit ou le père Caron qui attelle son cheval, mais c'est plus souvent la camionnette de leur père Hildège qui a retrouvé ses couleurs scolaires.

La beurrerie a fermé ses portes, les gens quittent pour la ville. Ils vont aller gagner des fortunes et revenir en été avec des chapeaux trop grands se vanter dans leurs grosses voitures décorées avec des fleurs en plastique, des bébelles importées et des enjoliveurs de roues chromés. Ils sont, sans le savoir, les acteurs du drame social le plus ténébreux de l'histoire gaspésienne.

Et les années passent si vite. Hildège est égal à lui-même. Il ne boit pas, même si la mère supérieure du couvent de

Percé a dit : «Qui a bu boira!» Les épilobes valsent langoureusement à la fin de l'été et, en hiver, c'est toujours la tempête et les glissades à n'en plus finir, les tunnels que l'on
creuse dans les bancs de neige derrière les granges ici et là,
et les animaux qui dorment dans l'étable. Et quand c'est le
printemps, les vaches et les veaux galopent jusqu'à la rivière du pont Knox, la neige est sale de fumier tout autour
de la grange et les tunnels disparaissent tristement.

À l'école, c'est long, sauf les jours de bazar ou quand
c'est la distribution des prix. Les Dégarie font bonne figure
et se classent parmi les fortes têtes du village. C'est surprenant, eux qui sont nés à Val-d'Espoir et qui habitent à Cap-
Rouge... C'est même étonnant.

Papa Hildège travaille trop, c'est Marie-Esther qui s'en
plaint. Il y a eu la pendaison de Coffin qui fait beaucoup
de bruit dans le coin. Il a été condamné pour une histoire
de meurtre. Le père Caron qui faisait partie du jury ne parle
jamais de cette aventure, mais il ne cesse d'y jongler jour
après jour. Le Vieux Bouc et lui, ils vont mourir avec des
secrets terribles. Enfin, c'est ce que prétendent les femmes
de Cap-Rouge quand elles gossipent sur leur galerie en
étendant leur linge à l'arrivée des premières chaleurs du
printemps.

Jean Dégarie a fini par atteindre les hautes études du
séminaire de Gaspé. Cette année-là, sans faire exprès
(c'est bien ce qui est épouvantable), il a remporté le prix
de composition française de l'est du territoire gaspésien.
Et parce qu'il connaît par cœur toutes les réponses en
latin des messes des mille et une circonstances, sa grand-
mère Angélique, le curé Belzile et même son papa Hildège
se sont rués sur lui et l'ont inscrit à la prison du cours classi-
que. À la fin de l'été, juste avant de monter dans le train,
ils l'ont habillé des pieds à la tête : blazer bleu marine, pantalons gris, cravates rouges et bas noirs... Ils lui ont acheté une
grosse malle qu'ils ont bourré de serviettes et d'angoisse...

Horreur! Horreur! Au secours, Bouddha béni, toi qui veille sur la mer et ses fléaux, que m'arrive-t-il soudainement? Explique-moi, vite!

Il pleure au séminaire, la nuit. Et il ne peut fermer l'œil. Il connaîtra l'ennui, la terrible et véritable ennuyance de l'âme solitaire en exil depuis les premiers jours de son adolescence. Les quelques amis de son village qui ont eu la malchance de le suivre au séminaire tentent quelquefois de le consoler mais, à la longue, ça devient désespérant, Jean Dégarie pleure toujours. Joseph Leblanc de Cannes-de-Roches est particulièrement patient. Il l'encourage, lui dit que l'hiver va passer vite. Joseph Leblanc lit *Arcane 17* d'André Breton. Il paraît que ça parle de Percé et que c'est bourré d'idées compliquées. Jean n'y comprend rien. Mais il aime découvrir des auteurs inconnus.

C'est durant la seconde année de son internat que son père, malade comme c'est presque impossible de l'être, rentre au sanatorium de Gaspé.

«Là-haut, sur la montagne

J'ai bâti ma maison

Avec un peu de paille

Et trois petits bâtons» ... comme dans la chanson. Mais Hildège est malade et ça n'a rien à voir avec la chanson.

Un jour, chez le cordonnier Vallerand, son père a pris une bière et l'a bue. C'était là l'unique vertu du «Qui a bu boira» de la sœur supérieure...

Une trentaine d'années futures ont alors, en une fraction de seconde, défilé dans la tête de Jean. Elles ont immédiatement été emportées par la férocité des murmures de l'océan... Elles ne sont apparues que pour marteler le réel et propulser le jeune séminariste encore naïf dans une dénégation brûlante, le précipiter de force dans l'engrenage des courants de la mer... le jeter dans la gueule des chimères marines et le confronter aux accusations du Bouddha.

Une fraction de seconde durant laquelle le réel s'est installé dans sa vie.

Journal de Lovanie Desgarris
Percé (du XIXe au XXe siècle)

Ils se sont vautrés dans quelques années de bonheur, Juliette Collin et son mari, Nicholas Desgarris, se sont installés à Anse-du-Cap tout près de la Montée. Y ont fait six enfants... Elle était vaillante et forte comme la femme de l'Évangile. Mais elle n'a quand même pu échapper au sort ou à cette destinée tatouée dans ses gènes, elle a aussi quitté ce monde dans les douleurs atroces du grand mal et laissé ses chérubins perdus et son époux vide de sentiments.

Il s'est marié une troisième fois, le jeune Bouc. Avec Angéline Proulx, de Knoxbridge.

Toujours à la Montée.

Une dizaine d'enfants sont nés.

Et les foudres du malheur se sont à nouveau abattues sur lui. Il a aussi perdu sa douce et simple Angélique qui a fini sa vie emmaillotée dans les tourments de l'âme, l'esprit chamboulé, le cœur léger... Trop souvent enfermée dans le grenier afin d'échapper aux sarcasmes des gossipeuses et des langues sales. On les dissimulait au regard des curieux, ces femmes à l'esprit faible et tourmenté; elles vivaient recluses et quelquefois, lorsqu'en jaquette blanche elles apparaissaient la nuit au détour d'un chemin, les chiens se mettaient à japper et à hurler jusqu'aux petites heures bien sonnées d'un matin brumeux. Naissait alors une rumeur malicieuse qui se transformait bien vite en légende méphistophélique.

Quelque part ailleurs, dans des cahiers teintés de mélancolie, il est écrit, à propos de cette femme confuse et belle : «Je me souviens de toutes ces odeurs fortes des carottes et des navets qui achevaient de rancir dans la cave humide de terre battue de notre maison ancestrale à la Montée. Surtout quand c'était le printemps frileux des grands vents tumultueux où le soleil persistait à se blottir derrière les nuages agglutinés les uns aux autres. Papa fumait sa pipe sur la grève, maman cherchait à s'évader sur les ailes des grands oiseaux voyageurs. Il fallait la surveiller, surtout lorsqu'elle s'approchait des caps. La fonte des neiges le long des ruisseaux et les trous qui se formaient au passage des animaux assoiffés de liberté, tous ces piétinements d'impatience des veaux et des poulains poursuivant le son des cloches qui au loin tintinnabulaient d'espérance, déjà... le temps de percevoir les douceurs de la tendre saison et d'ouvrir très grandes les narines aux effluves pénétrants et si parfumés des tas de fumier tout à côté des granges. Dans l'espérance d'un renouveau, les épilobes vont encore revenir et ce sera la fin de l'été. Nous aurons de la morue fraîche tous les jours et, Dieu merci! du pain, du beurre, du lard et des patates. Il ne nous manquera rien... Les délires de ma mère martèlent mes souvenirs. Je ne peux les oublier. On dirait qu'ils attirent encore la désespérance. Personne ne sait ce qui adviendra d'elle lorsque l'idée lui prendra vraiment de s'envoler jusqu'au bout du monde, là où les lumières de son esprit la précipitent inévitablement.»

L'esprit chamboulé, le cœur léger...

Le corps d'Angélique est allé se fracasser sur les hauts rochers, tout en bas du cap de la pointe. Et la mer l'a charrié. On ne l'a jamais retrouvé. Dans le cimetière, il y a une petite croix. Sur la pointe du cap aussi, tout au bord de la grève.

À la gloire de vous tous, Gaspésiens vaillants et solides tourmentés par le destin. Hugo a vécu sur l'île où sont nés les ancêtres Desgarris. Et s'il vagabonde quelque part dans les chimères du temps, il doit bien comprendre qu'il y a peu de ses lettres et de ses propos qui sont parvenus jusqu'au cap Rouge et que même s'ils ignorent qu'ils font partie de l'histoire universelle, des travailleurs de la mer et des misérables, on en retrouve partout. Toute cette belle littérature française écrite par le plus grand écrivain du XIXᵉ siècle, ces rimes intuitives et présentes, ce langage de l'âme, ces paroles incandescentes... ils sont intimement amalgamés à une volonté de raconter le peuple de la grande péninsule où Cartier, ce

volage aventurier des grands océans, a peut-être un jour impru-
demment planté une croix martelée de trop de labeurs.

C'est le message à saisir. Il s'est déversé dans les esprits obsti-
nés des Gaspésiens le long du littoral...

Nicholas n'a jamais réentendu parler de ce généreux poète de
Guernesey. Nicholas lui a donné des nouvelles, une fois qu'il était
de bonne humeur et que tout allait comme sur des roulettes... Dans
cette missive, écrite de la main de Juliette Duguay, il lui racontait
son quotidien en l'interrogeant longuement. Il lui parlait du pays
et de la figure de proue à laquelle il s'était agrippé et qui l'avait
sauvé de la noyade.

Hugo n'a pas répondu.

Il n'a peut-être jamais reçu la lettre.

Nicholas a compris. De vivre en Gaspésie durant la longue
époque des découvertes folles et bruyantes, des inventions volan-
tes, de la vitesse du progrès, des appareils compliqués... c'était déjà
un très grand privilège.

Oh! oui, il a vite compris l'urgence de plonger dans l'action
afin d'apporter à ses compatriotes la mince parcelle de l'espoir, ce-
lui qui semble insaisissable quand les temps sont trop durs.

TROISIÈME PARTIE

Le Pion du roy

Journal du Bouddha de Percé,
à travers les cris des cormorans

Francis Pion est de l'autre côté du miroir. De là, c'est presque impossible de revenir. Il n'aime pas son genre ni son nom, encore moins ses qualités. Son nom, c'est la concrétisation de l'échec dans le jeu de la vie. Et comme il semble condamné par le destin à se débattre dans cette bien mystérieuse prison, il n'a jamais la chance d'avoir une bonne image de lui. Celle qu'il aperçoit à l'occasion dans l'envers du reflet d'une glace le long d'un corridor ou dans les toilettes, c'est l'image de la défaite et d'une tonne de frustrations qu'il pourra peut-être finir un jour par canaliser. C'est une image grimaçante qu'il voudrait détruire pour la remplacer par une autre qu'il ne trouve jamais nulle part, l'image cynique du désespoir pataugeant dans la boue sociale.

Quand même, avec le peu de moyens mis à leur disposition, Marie-Esther et Jean ont fait des miracles avec lui. Ils l'ont pris en foyer de dépannage depuis le temps des Avents jusqu'à la fête de Dollard à la mi-mai. Ils en ont bavé un coup. Jean a dû lui redonner confiance... Totalement. Le confronter aux dures réalités, lui présenter des règles de vie, une certaine discipline, lui dessiner un mouton, lui raconter des histoires et les vivre pleinement avec lui. Les travailleurs sociaux ont été impitoyables. Parce qu'il sortait des sentiers battus du professeur habitué au neuf à quatre, cinq jours par semaine, Jean a été soupçonné de toutes les calamités du monde. Madame X, du centre de dépistage des traumatismes sexuels, est venue l'interroger longuement :

– Vous avez vécu des abus sexuels durant votre enfance, M. Dégarie?

– Si je vous dis non, chère dame, qu'est-ce que ça prouve, voulez-vous me dire?

Bien sûr qu'il avait subi les assauts foudroyants du grand Philippe Lafontaine durant ses premières années de vie au pont Knox, en Gaspésie. Des assauts de toutes sortes. Masturbations en cachette derrière les grands sapins du deuxième rang, étranges fellations dans la grange à foin (à défaut de bourrer sa pipe avec du vrai tabac), caresses intimes et puis après... Il ne s'en était pas si mal tiré. Bof! Il n'avait peut-être pas fait de son court mariage une aventure à tout casser, mais il avait connu les jouissances de l'hétérosexualité et s'en était assez bien accommodé. Ça ne l'avait quand même pas propulsé au septième ciel comme il l'aurait désiré. Il n'en était pas pour autant homosexuel, encore moins pédéraste.

Également, Jean soupçonnait son protégé d'avoir vécu des agressions semblables durant son enfance, de la part de nombreux intervenants, «courailleux» de grands chemins, copains de sa mère de passage à la maison. Et pour lui redonner confiance véritablement, il avait dû, lors des vacances de Noël dans un chalet dans le nord, coucher avec Francis. Ce dernier s'était immédiatement senti agressé. Il avait ouvert la bouche pour parler, mais les mots étaient restés bloqués au coin de ses lèvres et son regard s'était obscurci. Il n'avait pas voulu, avait trouvé mille prétextes pour dormir sur le divan, ou encore devant le foyer sur le sol... Jean avait insisté. Cette première nuit-là d'un long congé de dix jours dans les Laurentides, Francis avait tiré la couverture de son bord et n'avait pas dormi de la nuit. Mais Jean ne l'avait pas caressé, ni sollicité... La deuxième nuit, le jeune garçon avait cessé de tirer sur la couverture et s'était endormi vers les petites heures du matin. Jean avait ronflé plus que d'habitude. Il avait bu, il aurait pu... Non. La troisième nuit, la quatrième... À la fin des dix jours de plénitude à se soûler de ski et des odeurs fraîches des grands sapins enneigés, Francis avait repris confiance en son prof, Jean Dégarie, goinfre à ne plus jamais pouvoir s'en décrotter les dents mais solide comme un roc. Autour du huitième jour, Francis s'amusait à chatouiller son gros plein-de-soupe de «papa de dépannage». Il se roulait avec lui dans les couvertures comme aime le faire un bambin de trois ans. Il se collait pour chercher «l'affection du creux de l'épaule» et n'en demandait pas plus, vraiment pas plus.

Mais les travailleurs sociaux ont continué de surveiller. De très loin, ils ont ajusté leurs jumelles et se sont enquis, auprès du véritable père, celui des brosses à tout casser, de ses états d'âme. Le «papa véritable» passait des heures sur le coin de la table à gémir et à boire du thé. Il s'ennuyait de son fiston viril qui savait toujours si bien prendre les responsabilités à sa place. Les travailleurs sociaux ont trouvé qu'il faisait pitié, le «papa véritable», et que c'en était assez des prouesses psychologiques du «papa de dépannage». Pour qui se prenait-il, après tout, ce professeur grassouillet de sixième année? Que cherchait-il à leur faire comprendre, à tous ces «pousse-papier» des affaires sociales? Il ne connaissait rien du tout des «vraies affaires sociales», le prof à la gommette... Le «papa véritable» était le «papa à tout prix». Il fallait de toute urgence et pour son équilibre personnel lui remettre son enfant, son fils, son homme... Il fallait rendre à César ce qui appartenait à César, bon, et enlever à Dieu ce qu'il avait volé.

Le travailleur social en chef qui se regardait pousser les ongles en «poussant son papier» se plaignit un jour à sa déléguée syndicale, une femme forte et libérée :

– Ça se peut pas, Gabrielle, non mais... Pour qui se prend-il, Jean Dégarie, hein? Veux-tu me dire? Pour Dieu le père?

J'ai vu passer le train avant lui, crois-moi... S'il veut ma job, qu'il la prenne. Il ne connaît rien là-dedans, lui, c'est un prof. Qu'il fasse sa job de prof, c'est tout!

À mesure que filaient les semaines et les mois, ça chauffait dans les humeurs. Francis réussissait une excellente année scolaire. Il était devenu le chef d'une bande de bons amis. Et à la mesure aussi de ses capacités de jeune délinquant en «cure de réhabilitation» (ou mieux, de désintoxication), il respectait les règles du savoir-vivre et appréciait grandement les délices à la crème de Marie-Esther. Et lorsqu'à la mi-avril Hildège est mort au centre d'accueil de Tourneville, Francis a pris la main de Jean qui pleurait sur le cadavre du vieil homme.

Il savait qu'il allait bientôt retourner chez les siens, qu'il allait retrouver son «papa véritable» et retomber dans l'enfer de ses trop nombreuses folies, qu'il allait connaître le monde de la délinquance et de la prostitution, des drogues fortes et hallucinantes. Au fond, il désirait cette vie emballante et risquée. Il savait aussi qu'il allait fuir comme la peste les émotions profondes et se bâtir une carapace à toutes épreuves contre les bonheurs secrets de la vie terrestre. Il n'y pouvait rien. Une route était tracée devant lui et il n'avait d'autre choix que de la suivre.

Alors qu'on recouvrait le cadavre du vieux Hildège d'un long drap blanc, Francis s'est jeté dans les bras de son «papa de dépannage» et lui a demandé :

«Même si t'as des câlices de défauts, Jean, dis à mon père d'être comme toi! Dis-y d'être comme toi, veux-tu?»

Jusqu'à la fin des classes, Francis n'a plus été le même. Ses notes se sont mises à dégringoler, les gaffes à se multiplier. Le «papa véritable» n'a pas longtemps été présent. Les travailleurs sociaux ont rangé leurs jumelles dans des étuis d'insignifiance et Francis Pion, de la rue du Macadam à Tourneville, s'est mis à faire la pluie et le beau temps. Il battait de l'aile le long des ruelles en cherchant désespérément à crier à la face du monde que son «papa véritable» était un héros. C'était un cormoran bel et bien déchaîné à la recherche de croûtes de pain moisies dans les poubelles des parcs publics, un oiseau sale et déplumé, noir à faire peur, un oiseau de malheur hurlant sa désespérance face à l'impossible réalité, celle de ne pouvoir retrouver son image dans le miroir, celle d'un pion vivant en «échec» perpétuel dans un monde déchu.

Jean Dégarie a tenu sa promesse. Même si Francis Pion était retourné vivre chez un père inadéquat, son professeur lui a demandé de l'accompagner en Gaspésie, le long de la côte. Tous les deux, ils ont pêché le maquereau et la morue, mais le jeune homme n'a guère apprécié. Il n'a vu que les mauvais côtés des événements. Il ne parlait que de motocyclettes et de coups pendables. «Jigger, c'est ben fatigant, sacrament, les maquereaux sont couverts d'écailles brillantes qui salissent les mains et les cormorans sont effrontés. Ils crient pour rien, le vent est trop fort, on peut pas se baigner!»

Rien de plus. Jean Dégarie lui a fait connaître des centaines de recoins, les cachettes de son enfance, les parents et les amis, les cousines frétillantes, des bribes d'histoire, des monuments célèbres. Il lui a montré la croix de Cartier, la chute du rang 6, la crevasse de Percé, le phare de Cap-des-Rosiers, les cavernes de Saint-Elzéar, les collines brumeuses d'une Acadie vibrante au sud de la baie des Chaleurs. Il lui a fait sentir les odeurs de la mer, du varech, des morues séchées, rien de très ragoûtant. Ils se sont recueillis, à Val-d'Espoir, sur la tombe d'Hildège. C'est Marie-Esther qui le leur a demandé. Jean y serait allé de toute façon. À cause d'un mal de jambe chronique, elle n'a pu se déplacer, elle viendra prier plus tard sur la tombe de son défunt mari. Sur toutes les tombes de tous les autres défunts aussi, celle d'Armand, le grand-père noyé en 1955, celui qu'il n'a jamais connu et qui lui tend la main dans ses rêves, un bel homme aux cheveux bouclés, charmant... Sur la tombe du Vieux Bouc à Percé, sur celles des oncles et des malins. Jean a pensé : «Pourvu que la Gaspésie ne soit pas qu'un grand cimetière pour les morts qui ont vécu en ville. Ce sont aux vivants de revenir, de redonner espoir aux entreprises, de reprendre les choses en main. Il suffit de jeter un coup d'œil du côté de la triste réalité et de se munir du bouclier de la sauvegarde de la péninsule. L'identité du Québec devra inévitablement passer par la prise en main des régions, c'est clair comme l'eau cristalline de la chute du rang 6.»

À Knoxbridge, Jean a rapidement repéré la cachette secrète de son enfance. Les ombres fluides et les lumières de l'été se sont mêlées aux fantasmes délirants du professeur blasé par les événements qui n'en pouvait plus de tourner en rond dans le monde de l'enseignement. Ses souvenirs se sont accrochés aux marionnettes endiablées courtisant les farandoles du ciel, les oiseaux de l'île Bonaventure sont venus dessiner des arabesques au-dessus de son nid douillet et la petite fille de Saint-Julien-de-Bellevue, qui avait grandi, s'est assise près de lui, lui a mis un doigt sur la bouche et la main dans les cheveux. Elle lui a demandé d'écouter le silence de la côte.

Jean n'a jamais cessé d'en être secrètement amoureux.

Il n'a plus la hantise des attouchements nocturnes de Philippe Lafontaine qui en ville, à ce qu'on dit, a attrapé un virus terrible qui pourrait bien le faire mourir.

C'est un journal secret dans lequel il n'y a plus de place pour les sombres pensées des hommes. Maintenant, il est possible de parler de solidarité, de rêver collectivement. Ça pourrait bien devenir une formidable réalité.

Francis Pion a disparu. Les policiers de Percé l'ont cherché partout. Tout le village a participé aux recherches. Il paraît qu'il fait la pluie et le beau temps sur le rocher, tout là-haut, le buste fier, les cheveux au grand vent du golfe, sur la grande muraille de l'éternel, le plus beau bateau de pierre bourré de légendes, assis à table avec une Blanche de Beaumont au ton doucereux et un pion du roy vaillant comme un jeune chevalier des mers, Nicholas Desgarris, qui lui a raconté ses prouesses du passé, là-bas, à Guernesey, sur son île, le pion du roy à côté de Francis Pion, pour les intimes. Sur les formules officielles qui traînent dans les corridors des polyvalentes et partout sur les tablettes des ministères, Francis Pion n'est rien d'autre qu'un numéro d'identification dont personne ne réussit à démêler les coordonnées. Sur le rocher, il est quelqu'un de bien, il le sait, et il domine la mer. Il est bourré d'énergie et ça se transmet d'un touriste à un autre. La preuve, c'est que la plage est noire de monde, des hommes et des femmes qui jacassent comme des cormorans déchaînés en cherchant à comprendre la merveilleuse tragédie qui se joue sur le rocher.

Il se grise d'odeurs qu'il ne connaît pas mais qui lui rappellent de vagues moments du passé. Jean Dégarie est en bas, qui crie et hurle, et la police aussi. C'est arrivé tout bêtement. Il paraît que le jeune Francis Pion de Tourneville aurait aperçu un grand chien noir poursuivi dans les rues de Percé par un renard affamé. Le chien se serait frayé un chemin jusqu'en haut du rocher. Il aurait déniché d'impossibles sentiers sur les parois de la falaise et le renard l'aurait suivi. Et Francis Pion, qui n'a jamais eu froid aux yeux, serait parti à leur poursuite. Mais on ne peut rien apercevoir, là-haut. Absolument rien. Jean Dégarie a beau s'époumoner, hurler, il ne peut que deviner. Personne n'a vu le sentier secret. Il faudra un hélicoptère pour en avoir le cœur net.

Toujours d'après les mémoires du Bouddha de Percé qui, le poing serré et le visage aux quatre vents de la mer, en a long à raconter sur le sujet.

Là-haut, il y a aussi Armand et Nicholas et Pierre et... François, Lionel et Abraham. Tous des Desgarris, Dégarie, Dégarris... Une dizaine d'ancêtres.

Hildège est là aussi, au milieu des siens, après quelques mois seulement d'une «vie après la vie» fort bien méritée.

Assis autour d'une grande table, les invités de Percé écoutent le jeune Pion de Tourneville qui ne se gêne pas un seul instant pour prendre la parole et contredire le pion du roy. Quelle audace! Il en a des choses à raconter... tellement de choses. Tout le monde l'écoute, le garnement! Ce sont des expériences faciles à partager, car elles s'inscrivent dans le courant universel. Les Desgarris, Dégarris, DeGarris, Dégarie et quelques Décarie égarés n'ont bien sûr pas reconnu Francis Pion. Ils l'ont plutôt pris pour le Petit Prince de la Gaspésie avec un accent particulier de la ville. Perchés tout là-haut sur le rocher Percé, ils ont tous les mêmes racines et peuvent communiquer par des gestes inscrits dans les mœurs de la péninsule, sauf peut-être l'homme à la longue barbe blanche qui ne dit mot tout au bout de la table. Seul Nicholas Desgarris semble le connaître, un homme qui, après avoir décrit dans un roman célèbre l'horloge haute comme une maison à trois étages qui marquait l'heure dans la cathédrale de Strasbourg, a un jour affirmé : «Un méchant cadran tout nu qui ne dit que l'heure vaut-il cela? Moi je suis de l'avis de la grosse horloge de Strasbourg, et je la préfère au coucou de la Forêt-Noire.» Il trouvait certainement qu'il valait la peine que les choses soient faites pour le mieux. Il voulait la perfection, Nicholas Desgarris peut le dire. Son âme vagabonde toujours dans l'authenticité du temps à la recherche de la paix véritable. Il s'est déplacé pour venir assister au banquet sur le rocher de calcaire et il est aussi d'avis que ce joyau gaspésien vaut bien le gros coucou de Strasbourg. L'un a été façonné par la nature, l'autre par les hommes. Le grand écrivain de la misère des peuples s'est déplacé.

Jean Dégarie verse des larmes amères sur le journal ouvert sur demain, sur l'espérance des peuples, sur la prise en main des individus, sur la survie de la planète. Pour lui, il n'y aura jamais rien de plus beau que les mélodies du printemps lorsque poussent les cœurs saignants dans les jardins secrets de l'enfance. Il n'y aura rien de plus vrai que l'émotion d'un Gaspésien en exil lorsqu'il médite sur une falaise.

Les policiers cherchent toujours le jeune homme au cœur meurtri et Jean Dégarie fouille les nuages du crépuscule afin de l'apercevoir encore, une dernière fois peut-être, perché là-haut... Hurle-t-il sa délinquance en prenant conscience de ce qui l'entoure? Scrute-t-il l'horizon en tendant l'oreille aux dires des ancêtres?

Peut-être tient-il un flambeau dans sa main?

Achevé d'imprimer en novembre 1995 chez

à Boucherville, Québec
00261